大亂

祁立峰

解碼器

四海之內

往日情懷　天橋時間　指南記雨

宜家戀人　迷樓　散文課

讀想像力掌權

大賣場冒險記

如煙

大中至正

愛情森林

聶隱娘及其後

小白菜

紅髮

綠線分手

遇見

百分百

文藝女孩

城裡的月光

很愛很愛你

掌心

瘋狂世界

寂寞的鴨子

這件事我只告訴你

這件事我只告訴你

這件事我只告訴你

這件事我只告訴你

這件事我只告訴你

這件事我只告訴你

這件事我只告訴你

這件事我只告訴你

這件事我只告訴你

這件事我只告訴你

這件事我只告訴你

這件事我只告訴你

這件事我只告訴你

這件事我只告訴你

文學獎劍客

最後一幕的太平盛世

馬莉兄弟

愉快犯

我的新書發表會

我的作家老媽

輯三　貴圈真亂

自序　以亂易整

不知道從什麼時候開始，戰與亂成了我島我族關鍵字。加上社群時代、通訊軟體的推波助瀾，誰的動態牆一更新就成了熱戰導火線。只是我這個人不知道怎麼了，總寫不出太正確的文章，無論是政治、感情或議題。我敢發誓自己真不是故意要來亂，但怎麼都有點反串討罵的成份。因此所謂的貴圈或文壇，向來距離我迢遠，即便我癡癡勾眼相望，卻仍時常置身於外。

不過就我不負責的觀察，文學本就與正確無涉，當然無妨正確，但不正確也理所當然。我學術研究的對象是古代的文學集團，即便朝夕唱和，文人間仍多少有齟齬。若當真有一個群體，無論討論到什麼議題都正確團結，衆志成城毫無異見，那就真的是突梯且荒謬。

其實「亂」這個字在漢語裡本具有反身性，楚辭末尾有所謂「亂辭」，稱之曰「反訓」，以亂為結、以亂易整。我覺得硬僵僵的訓詁學，就反訓最有詩意，整個世界就像道家的太極圖，陰中有陽，陽中有陰，即有即無，那麼惡搞來亂的同時，也難免顯得較真了。

眾所周知我們這一代的世界觀，相對於上世紀的大江大海而略顯狹仄，但正因極小極窄極日常，才能理所當然寫出微憂的故事。網路上鄉民動輒將某事冠以「□□之亂」，這些虛擬而瑣碎小事，卻又無比真實。其實□□之亂本是史傳裡特有的筆法，於是在這個雖然動盪但尚稱太平的小時代，我們也有了自己的編年體，有專屬於我們的大規模大災難大浩劫，一如史籍文獻裡拔城毀國，郢書燕說。

貌似也是這幾年正確當道，就連抒情濃度最高的私散文，都强調主題、支派與議題性。只是對寫作者來說，主題終究是後設的，是應當被搗亂的，因此在文類觀念縝密的六朝，江淹有雜體、《文心雕龍》有〈雜文〉、而《昭明文選》有「雜詩」。當體類嚴縫到近乎科學時，寫作者更有種來亂的欲望去破除這些體式。

但無論從什麼體類學來說，本書的五輯都稱不上有穩定的結構。輯一「文藝少女參戰」寫的是伴隨我成長的女孩。最後她們有如通過奇異點的量子態，退坍縮，成了銀河星系裡重力異常的另一座平行宇宙。但我帶著她們留下的故事，漂流到遠方。在一段模稜的感情裡誰認真誰來亂，似乎也再難釐清了。

輯二「文青大亂鬥」講的是文青視野之下家族與家人的互動，過往的歷歷時光，在真假疊架，以敘事解構敘事的倫理學內外，在戲擬亂入卻無比真實的複寫紙最底那張黑裱紙上，鐫刻上的可能是無盡的愛和款款温柔。

輯三「貴圈真亂」透過謊言的技藝，真摯又一派胡言地闡述了我對「貴圈」的看法。關於流浪博士，文學獎，虛構的抒情散文。它們其中好幾篇偷渡了小說的敘述與虛構裝置，但我覺得這些故事其實更適合用學術論文來寫。江湖事江湖了，說譏誚或反串都好，就姑且讓我來亂一發吧。

輯四「鄉民看熱鬧」回應的是過往的時事，那些現實與虛構，網路與人生，市長選舉、隨機殺人、八仙塵爆……我們有如此快速更迭的新聞，當主播透過讀稿機朗誦時，這一切重複又重複的帶狀節目全都顯得異常荒涼。於是最好將之記載下來，像史書記載下某個隨時崩毀的朝代與亂世。

輯五「走音KTV」寫的是我親身履歷的九〇年代與流行歌，那些曾經或持續在光焰燦爛的偶像歌手。阿多諾說流行音樂是重複的社會水泥牆，但事實是這些歌手替我們預錄了一個斷代的美景。他們的歌詞成了青春、記憶，音節就算荒腔走板了，終究成為我們小歷史手帳裡字跡最娟秀的一段螢光筆劃線。

我覺得這麼說來，「來亂」也不是當真要來亂，我單純希望將片段截面的記憶、哀樂斑斑的年華，巧碎碎記錄下來。這幾年我也開始寫些搞笑歪讀的隨筆與普及作品，偶爾還被以綜藝咖稱之。我雖覺得並無不妥，但對於這本散文集，我仍然格外認真視之。遺忘如此短，記憶又如此荒涼，似乎唯有書寫可以把觀景窗留不住的視覺暫留給保存下來，泡進銀鹽液裡，橘橘暖暖，如夢中的景象。於是我們的世界與我們的生活，似乎也沒有那麼孤獨了。

感謝為本書貢獻青春水花與海浪的榮慶、逸華，金倫學長以及聯經出版公司，還有書腰上閃閃熠熠的推薦師友。在這閱讀冰河、出版寒冬，以聲量以議題決勝的當下，這本散文集可能真的是來亂的，沒什麼機會露出或大賣。即便我深知出版之商業生計，但心底那個渴望書寫、不在乎體裁、架構與規範的搗蛋鬼，仍時時起鬨鬧事、興風作亂。可能就像孩童初習字時，字體漲滿越過了綠色格線的習字練習簿。就算有點醜，歪歪扭扭的，但這正是我們身存此世的證明啊。

祁立峰

二〇一七年末於台中

輯一 文藝少女參戰

「只因為遇見了百分百的文藝女孩，所以在最後一張影展票磨光為止，我們得這麼周旋下去。」

遇見百分百文藝女孩

這該怎麼說呢？我雖然也偶爾寫些不入流、宛如參差不齊蕨類葉片那樣的文章，但始終沒受過正統的文藝青年教養薰陶。不要說什麼抽涼菸、跑影展、看舞台劇這種膚淺模仿了，住處離温州街咖啡店太遠，只有家庭理髮沒有那種會剪文藝的齊眉瀏海的髮廊。更重要的是社會學講的「文化資本」，一應俱無。

巴人下里的料，所以當不了文青，注定的，是大自然。

但或許科系經歷、或某種矯情的環境荷爾蒙使然，我還認識了不少文藝女孩。在異性試探追逐、偽裝花蕊蜜漿甜滋滋的豬籠草時期，我也曾臨摹她們，讀了羅蘭巴特、德希達，還買了一堆至今沒拆膠膜的中英文對照理論書。後來終於出糗了，在聽到誰和文青朋友說超喜歡傅柯的時候，我去買了雙愛迪達的復刻版球鞋，當成生日驚喜⋯⋯

大部分的時候，文藝女孩們一如街頭漫漶的時尚女孩，也逛街也買名牌也看電影，但文藝生活就像某種柔軟變形的外星機器，隱跡成各種家電器具之中、或以水滴形狀點狀滲入我們的日常。

像ㄨ，剛認識她時只覺得就是個天真純粹，大眼睛圓亮發光的學妹。交往到中期，ㄨ始透顯她的文藝本質，選片單、逛誠品、和一群文青朋友在咖啡店開《資本論》讀書會。她特別酷愛新世代女作家言叔夏，那時候言叔夏的散文集還未出版，剛以〈馬緯度無風帶〉獲獎而引起討論。

我氣力放盡看完那篇——每個字都認識，卻一段也不懂的文章，倒是地理課學過「馬緯度無風帶」，典故出於西班牙帆船隊前往新大陸拓荒時，誤駛入無風帶，只好將馬匹推落大西洋。

其後就與那篇文章無關了。不知怎麼地我和ㄨ感情終於走到了後期。後期就後期罷了，她竟如經期般固定時刻感傷起來，然後就必引那文章的句子：「我們不是曾有過那麼多的馬嗎？」

那麼多，那麼多，媽的到底什麼馬？我一臉疑惑，像雙手交叉睡了一整堂午休，醒來後發現自己座號被風紀登記在黑板那樣無辜。記得曾在六福村我跟ㄨ一起騎過迷你馬，當時小馬不願意舉蹄前進，我還開了她體重的玩笑。

除此之外，我們這段關係裡應該沒有其他的馬吧？後來ㄨ也終於像其他馬子一樣，就此音訊無蹤。

·

至於ㄈ，我仔細回憶那漫長時光的點滴，宛如陽光下飛散粉塵的細節水道。印象中跟ㄈ從沒確認在一起過，甚至沒有太多濛曖柔焦的片段可以剪輯進MV裡。但某個午後，我竟就這麼扮演了幫她搬家的角色。那是多靜好的逢魔時刻？我將捧著ㄈ的貼身私密物，和她一起佈置可能有我在內的未來。

工具人？那是我晚近才學會的詞彙。

ㄈ身為基本款的文藝美少女，最多的當然是書。班雅明的散文集、桑塔格的攝影書，還有一些根本沒聽過，現在當然也不記得的翻譯作家。想想那些可能是西班牙文，或是保加利亞或玻利維亞籍的作者。他們有天會得諾貝爾獎吧？等到得獎之後再買就好了。

沒注意，ㄈ遞給我愛心礦泉水不小心灑一地，就這麼滲進了還沒使用的紙箱。大地黃的紙箱像瞬間枯槁的乾燥花那樣，變成醜怪的髒褐色。

「死掉了！紙箱全都死掉了！」我還來不及擦拭，而提前目睹這一幕的ㄈ竟像恐怖片起乩小女孩那樣地哭喊起來，更像平常乖巧靜好的蘿莉，忽然發狂了起來，把平日悉心照料著衣洗澡的芭比手腳卯起來搞搞給折斷。

「只是浸到水而已，箱子只是弄濕了。」我好像這麼安撫了，又好像沒有。反正她指的也不是表面的主體、不是話語的能指，等會平靜下來，ㄈ就會緩緩望著我，如陶瓷娃娃精緻無表情的漂亮五官、微啓櫻唇，「我知道紙箱不是真的死掉，但那只是一個隱喻啊，你懂嗎？」

到底隱喻個三小啊？不過當然不能這麼回。我只能回望著她，眼瞳放空，望向窗外漸層如綠蓋奶的斜陽。「是啊，是一個隱喻……」

只因為遇見了百分百的文藝女孩，所以直到最後一張影展入場券磨光為止，我們只能在符號的縫隙中周旋下去——這也是一個隱喻。

傾城之戀

在二十位新銳與中堅導演的合輯電影《10+10》中，我最喜歡陳俊霖的〈265巷14號5樓之1〉，劇中張孝全、張韶涵飾演一對瀕臨分手關卡的同居情侶，搬家途中，洗衣機意外卡在四、五樓之間，結果搞得整條狹仄巷弄就這麼塞住了，雜沓的汽機車行人，紊亂、無措又焦躁，大夥陷入了進退不能、周旋不得的窘境，望眼欲穿——宛如他倆的愛情。

影評較少談到這個情節單純、敘事平淡的故事，但我覺得這檔經驗，可得要出入其內外，才能懂這故事內建機巧。

我有個朋友櫃姊ㄓ，跟我說過類似的故事。ㄓ的家在板橋中和交界的舊破公寓，在那個沒規定防火巷需幾米寬的年代，只能接受那狹仄到摩肩的既成道路。先天不良了，再加上新北市慣見的那種景象——數百輛的摩托車，以極密集的排列組合，呈現出城市風景座標。於是沒救了，ㄓ公寓門口那個寬度、轉角，比我見識過再高難度的電影特效都來得更狹窄更驚險。

「如果有男生送我回家的時候，願意送我到家門口，我應該就會嫁給他。」偏偏ㄓ這麼說了。你能想像汽車怎麼開進與雙臂伸展同寬的爽片橋段嗎？

和ㄓ失聯幾年後，還是傳來她的喜訊。我想她若不是嫁給成龍，就是嫁給傑森史塔森了吧？

‧

類似這樣拔城毀國，無視於道路交通處罰條例，也要證成偉大愛情的——我想起自己的前女友ㄢ。沒交往多久，ㄢ就主動和我提到關於「誠意」這樣一個充滿辯證、反諷的哲學命題。

ㄢ的家在北市蛋黃區的華廈，從我住的方向過去接她，勢必得在某個路口迴轉。無奈黃金地段，抬頭掛滿了禁止迴轉和左轉的標誌牌。

我跟ㄢ商量過好幾次，希望她多走二十公尺過到馬路的另一端，但她演算出一套複雜的邏輯：「願意迴轉到我家樓下接我的男生，我覺得這才是有誠意。」

嗯哼，可不是嗎？即便這樣的誠意是用前後駕駛人的一連串喇叭聲、髒罵，還有無數張罰單換來的。

溯洄從之，道阻且長。搞了老半天我這才讀懂這兩句《詩經》的意思。夏日粉塵形成的光瀑流瀉，周遭盡是燃油氣味。所謂的佳人依舊在馬路對面的一方，轉動纖細白皙的漂亮手指，示意要我違規迴轉。

我在想即便前面失了火遭了祝融，整座城市都要被燃燒殆盡了，像龐貝古城或神聖羅馬帝國的最後一幕，ㄢ依舊站在原地，如神諭女神似的站姿筆挺，青春洋溢的長腿，無邪的大眼望穿街衢，守候著她的忠貞騎士——把坐騎迴轉、停到她家門口。

「你好有誠意喔」。我看著開遠的拖吊車，苦澀地擠出微笑。這就是真正的愛情吧？建立在失序、崩壞與毀滅上的不朽。長存抱柱信，即便滿城的警笛、火光與灰燼，都是為了把燦爛獻給正在熱戀的人們。

所以在電影的最末，張韶涵發現她和張孝全其實不用分手、其實可以繼續走下去。如果一段愛能夠阻塞一條巷弄或癱瘓一座城市，還有什麼辦不到的？台北版的傾城之戀，多浪漫，多現世安穩，多沛然無畏。

當然，前提是我們別躺在後面那台救護車上。

綠線分手

「我在聖馬可廣場，看到天使飛翔的特技，摩爾人跳舞。但沒有你，親愛的，我孤獨難耐。」—— *I. V. Foscarin*

與那些末法時代的喧騰大選、黑心油或明星劈腿云云的新聞截面對比，松山線通車以及連帶的紅綠線分軌的新聞，顯得輕薄了些。但就在我們還不經意的時刻，俗稱為「綠線」的新店線正式與「紅線」淡水線分軌，此後新店線不再經台北車站，而是經小南門往松山。那決絶狠狠之列車、之調度站、之機房，對習慣乘綠線往臺北車站的通勤族而言，一如戀人分手。

印象中你高中最後一年，捷運中正紀念堂站才風光啓用。幾個住北區的同學如工蜂般改變了通勤時的飛行路線。你所居處距捷運路線規劃甚遠，所以沒怎麼留意。只是每天搭公車上下學必經的北新路與羅斯福路，當時還是亂簇簇的捷運站工地，馬路中央架起藍白相間的鐵柵欄，畫著一雙交握的大手。

「台北要捷運，明天會更好」。交通黑暗期，他們這麼下定義。但你回想起來，總覺得癱瘓那幾年城市反而格外明亮清晰。像水族箱底下飄飄晃盪著的水蘊草，玻璃櫥窗裡傳來小提琴的旋律。

現在回想起來，一切都顯得荒謬極了。那神諭中的「明天」分明已然到臨了才對。現在的台北比那些年更好了嗎？你不忍卻又不禁想問——那時誰料得，所謂「更好的明天」卻得以都更、以低薪，以配合捷運收班的超長工時，還有捷運沿線一幢幢摩天矗立豪宅之高房價為代價。

原來在政黨輪替與仇恨值之外，時間才是真正殘忍的政治學。

當時看不到後來的你坐上客運，壅塞漫過迢迢羅斯福路，紀念堂站下車。還沒站穩車門就崩地一聲粗魯闔上。前一站是金甌女中，再前一站當時是什麼給忘了，總之是現在的捷運古亭站。地圖上的名稱、連同那張謄寫座標的羊皮卷，被一點一刻悄悄刮除，然後複寫，變成它本來不是或才是的那樣。

你只記得那時的司機大叔只顧瞅著金甌女孩的制服看。如蟬翼如膠膜透著乳白色的襯衫，以及那制服裡隱約的胸罩顏色。

你還記得同學把這惡戲拿來當科展題目，〈台北女校制服的透光度比較〉，當然無緣參加奧林匹亞科學競賽。只是與北一的寶石綠、中山的骨瓷白、景美的萊姆黃制服相比，金甌的白制服就是多了層無限透明感，猶如穿透宇宙的射線。

「她們有去改過啦。」就像男校生會去西門町的黑橋牌香腸對面的制服訂作店修改制服似的，略淺或深的色系，較寬的褲管，就是跟學校規定不同卻又還不至於被教官發現的差異。女校應該也是吧。那怎麼看都更透明的襯衫，比規定還短、隨車廂階梯輕盈飛揚起的百褶裙……

紀念堂。這站你還記得。當時高中生都把它叫「中正廟」，偶爾放學在這看儀隊妹或排練社團活動。此後它似乎更了幾次名，你記憶卻僅殘臢怪手在牌樓底下施工，而抗議民眾推推嚷嚷的幾幕，像電影的畫外音、像沒對槕好語音字幕檔案的默劇。對了，紀念堂與廣場現在叫什麼名字？你真的給忘了。記憶真的不算數。只記得自由具象化成的抗議、石塊、油壓剪以及汽笛喇叭。好險有幾年沒再目睹大規模毀滅性武器如汽油彈了。

再隔一年新店線全線通車，你想自己第一次眼巴巴看著鐵灰色巨獸、以高速穿梭地底的都會科幻場景。它理當很震撼才對，但卻怎麼想不起自己首乘體驗了。遲到後來你才知道台北捷運還分中運量、高運量，與最早通車的「棕線」木柵線相比，新店到淡水這一條紅綠錯織的列車，運量達最高等級。

你想像那穿梭地底爬行，有如無限延長龍貓公車的車廂、足節動物般，一如印象裡倫敦紐約東京人潮喧湧的地鐵城市。「繁榮」終於落實成字面修辭，一搭上列車，你和全車廂旅客就得以鑽進了市中心之腹地、之共同體。一如羅蘭巴特說的「城市入族式」，望向艾菲爾鐵塔的同時就成為巴黎人，那麼，進了綠線捷運車廂，你終於搖身成為台北人。羅馬城裡的羅馬人，或喬伊斯《都柏林人》那般的毀滅預視。

再後來你密集搭起綠線來，只因初戀女友就住台電大樓站附近。「綠線女孩」——日後考察台北捷運發展與情侶分佈的史料如果做得夠精確，不知道會不會歸納出這類學術詞彙。

南區的文化密度不同於台北其他區域。你依稀記得每一處場景，在公館狹仄難錯身的服飾店或攤販林立的騎樓間，在新生南路溫州街的文青集散咖啡店，在校園，在書店，在師大對面的和平東路竟有一段是專賣文房四寶的書法街……你最後想起的是出了台電大樓站五號出口直走的交通安全博物館。

在那座現在又改名了的博物館某個水泥管函洞裡，你和綠線女孩把它當成你倆的祕密基地。簡直就像《哆啦A夢》裡堆垛水泥空管的畸零空地，你在那黯淡無光、宛如四維空間的祕境，第一次牽女孩的手，第一次初吻，還第一次把手伸進她百褶裙的深處，摸了不應該給男生摸的地方。記憶像深藏馬里亞納海溝的怪魚，微微露出銀白色的背鰭。

至少就初吻而言，與電影裡演過得完全不一樣。綠線女孩的嘴唇柔軟，有些甜，有些苦澀，還帶著淡淡的檸檬草香——日後你發現那只是唇膏的氣味。一瞬宛如靜電般，連空氣附著的懸浮微粒，都沾染成象徵初戀的粉紅色。

遲到綠線女孩移情別戀，你才發現那根本是她國中時的約會聖地。你現在抿起嘴，檸檬草香已經杳然無蹤，僅殘剩下微微的苦澀。

與她分開後，你又認識了家住淡水線、板南線、木柵線的女孩，綠線的列車終究開不到愛情等高線上的其他行政區。

但不同路線女孩就像她們所在的區域似的，那麼爛漫空靈或奮不顧身。以紅線女孩來說，由於正好與她家相反方向，所以我總會送她坐到劍潭站再折返。印象中她喜歡走路，且以極優雅又極快的速率。某個飄著雨的凌晨，捷運收班了，她拒絕了招計程車的提議。於是你倆拿著一把便利店臨時買的塑膠傘，就這麼走過漫長的中山北路，宛如偶像劇場景。你只記得沿街的婚紗店準備打烊，撩亂櫥窗光影投射著她年輕而白皙的長腿，還有她清朗的說話方式，微笑時的側臉弧度，簡直像那場永遠不會停的雨那般靜好。

藍線女孩則總在她的忠孝復興站下車，她家騎樓下日夜都有花樣潮男潮女流連。「你知道嗎？我不化妝根本不能下樓去便利店。」像火樹銀花與歌舞昇平的另一面，那些美豔，殘忍與哀愁。而與棕線女孩交往的那些時光，你習慣沿著六張犁往麟光站走，送她回家是順時針，接她下班是逆時針，思念與黏膩最後如磁力線般排出了連理化老師也難以重現、完美的安培定律。

科學家或許會說，一場不能重演的實驗、畢竟無法成為定律。但你這才驚覺——原來愛情才是記憶城市的方法論，愛情同時也超越政治學，像一場沒有結束鈴響的辯論會。

睽違好一陣子，你終於再次進入地底的綠線捷運站——像宮崎駿《天空之城》裡希達初次從天空飄下而落入的甬洞。導盲音響起，乘客魚貫出入，整座車站由上而下俯瞰，宛如探索頻道裡、縮時攝影拍下的某種生態，蜂巢或候鳥遷徙似的。

銀晃晃如巨獸般的捷運車廂依舊這麼前進著，席捲起一陣高速風壓，你小心翼翼把腳尖貼緊黃線的邊緣，努力保持平衡，不越界，不傾斜，不掉出排隊行伍。那集體的群眾意志，和通勤時算計的路線圖，就成為你們日常的生存之境。那是與對劣質假油之憤怒，對喧騰大選之亢奮作為對照組的，靜好時光之隱喻。

那才是真的。就像那種持續一晝夜即閉幕的嘉年華會結束後，滿地狂歡後酒瓶、彩帶紙屑和變裝用的羽毛假面。你們終於回到原本的軌道上，沿著刮垢磨光的鐵軌前進，即便有時稍微偏離軌面，而發出嘰呀呀的金屬刮垢摩擦聲。

過了中正紀念堂站的漆黑窗面折射中，你看到對座女生低著頭滑手機的瀏海與眉宇，神當年的的綠線女孩。但多半出於錯認吧，那塌縮的戀愛故事猶如視覺暫留。列車以你預料之外的角度彎縮著，直接轉向小南門。就像那著名的、沒有對準描圖紙的隱喻——它迷路般迂迴繞開了台北車站，往未知的遠方疾駛而去。你終究記不起新的捷運站名，羊皮卷以蜜蠟彌封，字痕斑駁宛如記憶。

「這是哪裡？你放聲痛哭。」——朱天心《古都》

天橋時間

在你記憶所及的文本中，明確提到那座而今已拆除的天橋——是朱天文〈世紀末的華麗〉。小說一九九〇年完稿，講年華方二十有五、卻已覺色衰愛弛、旖旎身體不再的女模特米亞，與隔代情夫老段貪歡恨短的故事。如煉金如附靈的文字密教來到後段，兩人發起神經，虎狠狠吵了一架，米亞懷悶怨毒、跳上公路局離開了傷心地台北，直到周遭荒漠如異國，這才發現自己不該離城索居，否則要失根凋萎，只好循圖索驥，星夜趕回台北。

相較於羅大佑那首召喚四五年級北飄一族憂歡與共的「台北不是我的家／我的家鄉沒有霓虹燈」，台北才是米亞的新鄉土，她得以潤風華、成大器。終於台北車站近在眼前了。米亞一覺醒來眼見雪亮花房大窗景的新光百貨，塞滿騎樓的服飾攤，「上橋，空中大霓虹牆，米亞如魚得水又活回來了」。

再後來，就是蔡明亮的電影《天橋不見了》，李康生在天橋上兜售盜版名錶因而邂逅陳湘琪。他倆朝雲暮雪，長存抱柱信那樣約好歸期，但驀然一轉瞬，天橋就這麼活生生給都更了。

相對於五六年級緬懷的中華商場——華麗而魔幻、教忠教孝的巍峨牌樓與跨越鐵軌的天橋，七年級衛星定位的空照圖的熱區，移植到了橫跨忠孝西路、連結車站與大亞百貨的天橋。

到了你終而入族天橋，已經是九〇年代中葉，橋左右岸塞滿賣口香糖、玉蘭花與廉價玩具的攤商，那些攤位歪斜又醜怪塞滿了貨品，像一只後科幻感卻造夢失敗的火星機械車。那是一種世紀末台北獨有的雜沓與幻影蜃樓，難以用淺草仲見世通或曼谷洽圖洽市集比擬。

不過你震撼依舊。佇立天橋中央，鳥瞰橋底繁忙交通，車流龍馬，你初次感到自己身處城市之華麗、之富豔、之偉大。

你前後盡是手牽著手、相偎來補習街的高中生情侶，他們一式著改過的長褲百褶裙，筆挺又違反校規。卡其棕配骨瓷白，天空藍配螢光綠。

那時你總想著，終有一日你也會那麼牽著蘇玲雅的手，滑嫩纖細、如異次元幼獸的少女掌心觸感，像粉紅糖衣炸彈那樣在夢境中蓬鬆開來。

由後視昔，當時距離這座天橋拆除其實沒剩幾年了。接下來你們渾然無覺把約會場所推移到東區和信義區，走過那條更具科幻感、連結華納威秀與新光三越信義新天地的霓虹氤氣巨大空橋。你還記得初次走上那空橋也是與蘇玲雅比肩，你們矜重保持著戀人未滿的間距，迤邐穿廊入弄，橫渡Ａ９、Ａ11館，你還特意掉了書袋，向她解釋台北市政府如何以土地標號為此區命名，無騎樓無紊亂攤商、也再無糾纏你買口香糖面紙的哀憐老嫗。

瞇起眼看，華納兄弟的吉祥物兔寶寶頭像就在不遠的前方，門牙外暴、一臉滑稽瞅著你。多年後你依舊對小黃司機脫口「到華納威秀」，即便該集團已撤資多年。

那是你之於九〇年代最後的天橋記憶。歷史的後見之明往往帶來濫費的善感。像隨手消抹、流沙上造出的象形字。

後來你終究沒在天橋上牽起蘇玲雅的手，猶如倒轉沙漏灑了滿地金沙銀粉的聊賴時光，你和同班男生一樣，總跟前跟後、圍繞著女孩子，像推遲了交配期仍不得入巢授粉的昆蟲。

你們帶她們進撞球店，模仿上一輩學長那樣慘綠廝混、打那桌卻怎麼練都不熟練也逐漸不流行的司諾克；在補習街油膩的肉圓攤、虱目魚羹店裡逗留；逛光南、逛大衆和玫瑰唱片，買當時隨便都銷售破十萬張的專輯；在館麥在赫哲樓梯間開社團聯展的籌備會；以及虛擲鮮美光陰，陪女生逛德德小品集旗艦店。你斂起手看著蘇玲雅把玩過一樣樣文具、貼紙、廉價又俗趣的飾品，憑之足以海枯石爛。

記憶如藏身海底的燈籠魚，你終而想起那年暢銷歌手的名字——陳曉東，熊天平，蘇慧倫，徐懷鈺，還有她每到好樂迪必點開來的專屬歌單：許茹芸的〈日光機場〉，許美靜的〈蔓延〉，陳慧琳的〈記事本〉，還有日後你追憶起來，幾乎足以作為七年級暢銷金曲龍虎榜的、徐懷鈺〈失戀布丁〉：

哭就哭了才不怕你看輕／我的自尊像鑽石一樣新
淚水當然很傷心／但失戀以後還是能吃下一客布丁

雖然歌詞毫無邏輯可言，但蘇玲雅清亮純淨的聲線，毫不輸那年的李心潔、或才準備要發首張專輯的梁靜茹。忘了是誰先唱到瘋魔了，脫了鞋光腳踩上包廂沙發。徐懷鈺在MV裡穿著如今慣見的熱褲，溜著直排輪的截面剪影，就足以憑弔青春。你如今回想，在那個未成年進好樂迪包廂還要檢查身份證的年代，上個世紀的偶像們好像先幫七年級的你們預錄了一輪未來的盛世及喪亂。

除了好樂迪外就是漫畫王了，你同樣難以對遲到八九年級花樣少年解釋漫畫王的存在。二十四小時營業的漫畫店、算鐘點，提供包廂和免費飲料。根本是異托邦了，傅柯的理論。一處用以確保社會能夠正常運作的異質空間。

在那個截面溫室花房的拉門內裡、包廂深處，視覺暫留如蟲洞一般，青春年華被收納進了隨時要坍塌的小宇宙，從此再不長大。

每個高中男生班都有幾個核心男孩，他們偷偷染髮、穿規定顏色之外的球鞋、和訂作而與制服色差的長褲。你們雖不甘心又僅能眼巴巴眺望他們唬爛把妹的故事。於是乎大傢伙簇聚男廁旁鑑人玻璃鏡，互相蹭髮蠟，聽核心男孩說起自己昨晚留宿漫畫王包廂與他那景美的騷貨女友，買了十二小時整點，只靠兩杯大冰奶茶和一整疊《幽遊白書》。你們都看過他那馬子，夜自習時帶來教室，在最後一排閃閃纏纏。

「她就說累了想睡一下，要我不要亂來。他媽的，結果她奶子就直接貼到我身上，幹，那我當然就勃了啊。」男孩邊說邊梳著稍微過時的郭富城頭，空氣中瀰漫滿是荷爾蒙與蛋白質泡沫。

你們就這麼占據了男廁連身鏡，聽他說夠一整輪何如將指頭伸進萊姆黃制服裡，解開少女款式的胸罩，在破曉之前、在雞鳴之後，何如愛撫、何如愛情。

其實你也和蘇玲雅在那約會過，你借一整套井上雄彥的《灌籃高手》，她應該是看渡瀨悠宇的《夢幻遊戲》吧？幾次她肩膀貼近你，女孩子特有的溫潤觸感，還有髮際脖頸淡淡的沐浴乳香。遠方的救護車警笛，冰涼而杯緣冒出水珠的甜膩奶茶，還有剛剛才孵成的玫瑰色的夢，像一整季過度曝光的夏天。結果你什麼都沒幹，幹，這時候才該罵髒話吧。

「幹，根本爛尾啊。」你把最後一冊灌籃高手丟在腳邊，湘北隊一聲不響就輸給了別縣強隊，說好的全國制霸成了幻夢泡影，你最後只記得三井壽那顆飛在空中的三分球弧線，像太明亮的青春一樣，像太早慧的愛情一樣。最像的是你們太過倉促又太過雋永的九〇年代。

・

多年後你又再度來到車站，料想周遭年輕有如新車鈑金鋥亮的高中生男女再沒人知道這裡曾勾擘成就過的一座雄偉天橋。他們旁若無事就鑽進地下街，在空地練歌練舞，對著反光鏡牆擺盪著自己美好身體。

「明天放學北車集合。」誰跟誰說出台北車站的簡稱，用一種佯裝世故卻一點也不的大人模樣，響亮喊出那些簡潔草率的語句。

你這時才怔忡，新世代複寫出另一種全新的空間感、始稱你們的老城市。靈魂守恆不滅，只是衰頹。用女作家言叔夏那個既奇幻且荒涼的譬喻，九〇年代最後一隻白馬幽忽走過天亮，走到黃昏。而白駒過隙的隱喻裡那一條條不容逼視的河道盡頭，就這麼漫漶成了沖積扇、或大陸棚。像人們說的「七年級」，職場的七年級新鮮人，文學史的七年級作家，你們面目含糊地報數，以中央伍為準，興致闌珊地列成複雜的隊伍，有些人拖了步伐跟著，有些人唱著歌，有些人遠遠地在原野另一頭眺望……

你們被變成了本來不是或才是的樣子，容貌未衰先老，塞進世代縫隙的隨身碟插孔，像一枚鏽蝕咬死的卡榫，再也轉不動周旋不得。

然後你猛然抬頭，像小說裡差點哭出來的米亞。天橋真的不見了，你好不容易才忍住不至於放聲痛哭。

宜家戀人

整件事或許要從《戀夏五百日》（*500 Days of Summer*）這部電影說起。

你還記得整齣電影流洩的柔和陽光和美國鄉村風情，猶如長軸畫簾拉開，一卷卷錯位的時間軸，插敘綴補關於一個名叫湯姆的男孩邂逅一個名叫夏天的女孩、卻在莫名無疾以終處打斷的戀愛故事。如果拿出你那本關於上個十年的觀影重點手帳，可能會想在演夏天的女演員柔伊．黛絲香奈（Zooey Deschanel），以及她那件水藍色碎花洋裝旁，重複劃上兩遍閃熠熠的螢光筆線。

這電影的機巧與惡女拔城壞國的威力暫且不談了，但若同樣是粉絲，誰都理當記得湯姆與夏天戀愛萌芽的那日，他倆緊偎偎躺在擺飾和諧、花房般的暖亮臥室，一切如此平和靜好，夏天悄悄附耳告訴湯姆：「好像有幾個中國人跑進來我們的臥室耶……」鏡頭轉瞬，同一個臥室裡的一家東方臉孔爸媽與小孩，驚異又無辜望著鏡頭。原來這只是宜家家居（IKEA）的一間裝潢樣品房，他倆於家居店各處遂行了一場時光有如無盡甬洞的甜蜜約會冒險。

要說因這電影的風行草偃或群起效尤，造成了宜家成為戀人約會聖地，這樣可能太過强調蝴蝶效應或量子力學的坍縮論，但就在你克服了交通、路況、還有各種以不可能角度塞入停車場的車輛、率獸食人的亂局中，劫波渡盡、百死千難來到宜家後，才真正懂了這部電影掀動的宇宙波與結晶礦脈。

首先是餐廳，好幾桌長期霸占餐台的男女，對著窗外無敵遼朗河景，還有瑞典格紋旗風的窗簾，堂而皇之的自拍外拍街拍。你想算了，不吃也罷，不挑戰有如太空食品般真空稀薄的蔬菜丸，也未必是壞事。但到了賣場裡，那才是真正的災難——雪亮花瓣般的鋼琴白漆書櫃前，一對小情人就著原文道具書，一本本撥弄著。你被他倆的調情舉措給完全擋住了標價、也看不清書櫃的尺寸，甚至沒機會一讀這些原文書的篇名。但誰在意呢？如果不是有大量藏書的人永遠不會知道，隨著書頁的經年泛黃與蠹蛀，書頁攤開的霉味，還有貼皮合板難以承受書冊重量導致的扭曲。

那麼整齊而嶄新的書架，只不過是道具啊。

成排沙發上，幾對情侶扮演著湯姆和夏天的姿勢、口吻，咬著耳朵竊竊私語，女孩脫了鞋，頭就蹟在男孩膝蓋上，宛如斜陽色的亞麻髮絲披散開來。為了測試沙發的軟硬度，你只好勉強塞在他倆身旁，三人座沙發僅存的小空間。他倆被驚擾到了望了你這邊一眼，心想哪來的猥瑣大叔打壞別人的旖旎春夢。

寫了「歡迎光臨我家」的十二坪客廳裡，另一對高中模樣的小情侶，端坐在客廳正中央，淡定而直勾勾地望向前方、那一片寫了「50吋液晶螢幕」的壓克力紙板。你不知道他倆幻想中的電視機轉到了哪一台，但你必須得量清楚那張茶色鋭角茶几的寬度以及移動後與沙發的間距，於是站到他們兩人與電視中間，拉出破壞氣氛的鐵捲尺。帶著口罩、剪了庸俗娃娃頭的標準女高中生，像忽然意識到你的存在一般，輕柔地笑了起來，弧度漂亮的側臉轉向她男友的耳際，説了一些什麼。

「湯姆，有個大叔跑到我們家客廳量東量西的。」如果她是柔伊．黛絲香奈，大概會説這句台詞吧。忽然你覺得整間家具店，那巨大造夢般的倉儲、堆貨車，升降機，當然還有摩肩擦踵人群，屏蔽這些如電腦合成藍板的存在之後，這裡才真正適合戀人共度一整個假日午後時光啊。時間靜止了，週遭人群與光線像水面瀲灩波紋，又像火星的表土，處處乾涸、凹陷，卻荒涼得無比浪漫。

你開始懷疑這裡本質上根本就不是一間家具行了。從各種意義來說，宜家都成了提供情侶外拍、打卡、放閃與地造天設的永恆場景，像童年初夢裡的天使或飛翔的雋永意象。

於是你再度想起《戀夏五百日》這部電影。想起飾演夏天的柔伊，她紮著馬尾跳到宜家的舒適大床上，若翻開你那本記載了整個小時代的觀影手帳、有如珊瑚島礁般最不可靠的記憶，蘇菲瑪索（Sophie Marceau）已經幾乎半息影了，而艾瑪史東（Emma Stone）還未成名。在那樣一個純真的年代，柔伊可能是最適合綁馬尾的好萊塢女星了。

謝謝柔伊，也謝謝宜家，從此戀人得以在一間看似家具行實則一點也不的賣場裡，擁抱，接吻，交換名字、戒指、還有意識深處最隱密的夢境。

只是千萬、你千萬不要來到這裡，當一個不解風情而真正想要買家具的人，這樣就好。

迷樓

據聞位於松山區的「五分埔」之名，乃來自於福建安溪縣的五戶人家合力開墾，因而得其名。不過它並不算是正式的行政區，去過的人就知道，捷運是搭到「後山埤站」下車，告示牌明顯。

說五分埔是商圈我其實不太能理解。它既不像百貨商場那樣，有櫥窗、華麗的壁龕，衣著華麗的專櫃小姐；也不像傳統市場那樣的騎樓、掛架、放滿慘白的模特兒假人。它基本上是傳統市場、地攤夜市、和服飾小店鋪的綜合體混種。

逛過五分埔就知道，那基本上沒有什麼店面的概念。大批大批的衣服、褲裙、帽子、皮帶，掛在牆上、堆在地上，像聚寶盆那樣無限增生。最誇張的莫過於專門批發女鞋的店鋪，如海洋如浪花，高跟鞋、低跟鞋、娃娃鞋、涼鞋、夾腳拖……以完全雜亂的顏色、款式、造型推滿了鞋架、走道、階梯。但即便如此混亂，其中存在著某種和諧與平衡，看就知道了，女生們總是能如此精準地、在鞋店的某個轉角、某堆鞋盒深處，找到那雙她缺少的鞋。「女人的鞋櫃裡永遠少一雙鞋」，無論它在天涯海角。

大學時期的女友曾作過一陣子的網路拍賣、擺地攤，我也陪她過了幾個月的夜市人生，於是每週來五分埔批貨補貨，成了朝雲暮雨的例行公事。也是因為來到五分埔，這才發現網路一模一樣的什麼韓貨、日貨、歐美名牌，原來不少都是出自這裡簇聚的成衣廠批發商手筆。

但除此之外，我對五分埔最深的印象就是迷路了。我還自詡方向感不錯，但一開始用來認路的招牌、看板，轉了身就不見了。頭頂上是一模一樣的圓弧形遮陽棚、遮雨棚，到處連在一起。每條巷弄，巷弄再分出去的巷弄，都如此相似如此雷同，到處是衣服堆、逛街人潮，還有載滿貨品的小機車。

據說隋煬帝曾在揚州建了一座「迷樓」作為其行宮，若誤入這座迷樓的人，整日找路也出不去。但和我們今日因為迷路而慌恐無助不同，隋煬帝對這樣的迷失甚為得意：

「此樓曲折迷離，不但世人到此，沉冥不知，就使眞仙遊其中，亦當自迷也。」（《迷

樓記》）

意思是說：別說一般人了，即便仙人進入這座樓，最後也會迷失所蹤。我想身處迷樓之中並非真的找不到出路，而是逛遊者會沉迷在樓閣之中，最後沉迷於迷路本身。如波赫士那座歧路花園的隱喻，陌生、新奇、刺激、以及脫離了既定道路的歡快與亢奮。

這就是迷宮真正的意義——不是為了找到出口，而是享受迷路的過程。於是我也大概懂了遊客如此熱愛五分埔，那曲折的小巷、雜亂的店舖、五彩繽紛的飾品、配件、和聲音。來到這裡你注定會迷路，在某個找不到出口的轉角，發現再熟悉不過的空間，又變成了另一種樣貌。

如果嚮往愛麗絲夢遊仙境那種灌木叢圍起來的迷宮，那麼五分埔可能就是台北最後的一座大迷宮，等待那隻總是遲到的三月兔，開始她們的下午茶會。

大中至正

文化研究有個經常搬演的理論，說空間往往是權力的。舉例說來像某一性別專屬的百貨公司或捷運車廂、某處的銅像、某公園或紀念碑，更別說男廁女廁，那還會被抗議的藍色粉紅色、高跟鞋、和不是一根菸斗，卻又很像菸斗的那掛在廁所入口的告示牌……

說什麼能指意符的，太拗口了，但位於愛國東路、信義路和杭州南路上的那座紀念堂，自然有飽滿權力和國家象徵。別說那漫長流光洞窟的什麼野百合、野草莓，每隔幾年就要沸騰一遍的拆匾與裝匾、拆除與改建……不像極了古老狂歡節的那種脫冕與加冕儀式。

但不搬弄先行的意識形態好了，中正紀念堂其實也是台北高中生專屬的社團練習場所。樂儀隊、熱舞社、康輔社、手語社……每每途經戲劇院，看那些把襯衫制服翻出西裝褲或百褶裙的少男少女，對著爿爿明亮、光可鑑人的大落地窗，整齊劃一跳著動感的舞曲，擺弄著年輕旖旎身體，你就覺得那扇落地窗折射的好像不只有他們的身影，還包括青春正盛的你自己的視覺暫留。

確實，不那麼政治或國族來說，你還記得自己的紀念堂小歷史。那時的「中正廟」，未必能過度解讀成什麼解構權力或對偉人的逆崇高，只不過是某種時空斷面的小暱稱。你第一次牽女生的手就在紀念堂，在社團迎新的聯誼遊戲上。你猶記那陌生軟嫩的觸感，像伸手進恐怖箱裡摸到的某種幼獸。

後來你學社團的其他男生似的，也約了那女孩再見面，不是臨到本壘板忽然往下墜的伸卡球，而是正中直球式的邀約，在團練結束前，當面把寫了時間地點的紙條遞給她，只差沒有日劇裡九十度鞠躬、「請和我交往」的大告白劇碼。

「那，你不可以放鴿子喔！」這是她留給你最後的一句話，空氣裡可愛濕度瀕臨爆炸，音節如果也有顏色的話，這句話大概就是粉紅色的，像替黏牙泡泡軟糖代言的那隻粉紅猴子。印象中，你們沒約在當時還鏤刻著「大中至正」匾額的正門，而是大孝門彎進來、那座藍白色迴廊盡頭、豢養了錦鯉的池塘旁。這後來遠眺以失敗收場的初戀悲喜微電影，是不是有什麼大中國主義被具象化的寓意，你就不清楚了。只記得女孩說話時的帶著惡作劇的開朗神情，粉紅色髮圈束起的馬尾，還有她那回頭時，迎風的側臉、還有嘴角揚起的弧線……一切非常完美，非常大中，非常正。至痛無悲，至正無言。

後來女孩終究沒有來赴約，你在三座巨型牌樓前呆立著、顒望廣場前那群簇的、灰白毛色相雜的鴿鳥，幻想著像牠們一樣飛翔著，自由、冒險與追求愛情。那時候你當然沒料到這裡幾年後換了名字，成了以自由為名的廣場。就跟以前那些大時代的詞彙與概念：科學、民主、（不摻雜愛情和失戀情愫的）博愛。你終於也和那些政治狂熱者似的，擁有了關於這座紀念堂的創傷經驗。

初戀和屬於它的地景，故事後來都比剛開始時蜿蜒曲折多了，像話本小說裡正式故事登場前的「入話」——放在開頭的第一個小故事，輕巧巧，平穩穩，等觀眾坐定了，才肯說出微憂微傷的心機和心事。就像把星條色紙伶俐地摺成立體星星，再塞進透明玻璃罐裡，好看、澄澈，最後卻發現無以安置了。

你會想，這麼一座位於都心的紀念堂，混雜了那麼多的時代隱喻、政治變遷和創痛經驗，它的爭議與哀愁恐怕會被繼續討論著，即便討論到厭煩也會繼續不止。到底它是一座什麼樣的紀念堂、什麼樣的廣場呢？多年以後你們會怎麼形容它呢？於是你想起夏宇〈繼續討論厭煩〉詩中的兩句：「您要怎麼形容橘子的味道呢？／我們只能說／有些味道像橘子。」你要怎麼紀錄一座紀念堂呢？如果它本身值得紀念的話。

這件事我只告訴你

姑且不論前幾年教育部還廉政署搞的飛機，說什麼禁止老師參加謝師宴的三令五申，這幾年大學「謝師宴」早已不是我們所想那種單純的男女學生、著五四時期的白衫長裙，在舞台前致詞獻花的場景。夜擲千金，煙視媚行，女同學禮服奢豔、男同學西裝筆挺，誰準備了仿天團表演，誰前一天就作妥了花俏髮型……大概有點像日本將屆滿二十歲男孩女孩的成人祭，藉由通過儀式，花樣青年象徵自己走出校園，邁向社會。

你沒想過這種祭典般的活動也能鬧不和、搞分裂，一開始約莫是畢業班的小團體隔閡，化約來說不過是國小女生那種「不跟誰好」或「你不去我也不去」執拗而微餿的小心眼鬧脾氣，只是最後難免走向了女孩擅長的謠言戰場，重傷耳語捏造黑函，成了這場看似歡快無憂初夏宴會的插曲。

小女孩間那些如荊棘野藤歪長叢簇的流言八卦，它的傳遞過程其實頗為公式化，「這件事我只告訴你」、「如果她沒說的話你就假裝不知道」、「她知道了的話我一定不會承認是我說的」……這幾乎是一流小說家體術、幻設，經驗抽換調度或增殖而仍難以觸碰的黃金體驗、神之界域，故事疊架成新的故事，改編成本來不是或才是的情節。

於是乎——本來該是玫瑰花束、白熾燈、紅地毯，逆光的嬌俏甜美嘟嘴照，和色彩斑斕禮服隨風颺起裙襬的畫面，完全突梯走調。最後你只目睹了腳蹬希臘綁帶涼鞋、挑染過金髮盤起的班代，快哭了似的表情跑出會場，她純白系洋裝上的大波斯菊如枯萎前夕最後一次盛開那樣，鮮烈如火。

這或許是理論中「女力」糾結的另外一種辨體，張愛玲或黃碧雲式的，只是它蒼茫得太過於華麗，也過於暴力了。

像臉書的分享功能般，你轉貼這個故事給已跨入輕熟女門檻的T，她似乎略過了流言象徵的傳播理論，批評起了青春女孩們的梳妝和穿搭品味——「你看這種妝、眼影，雪紡紗和蓬蓬裙，這哪叫小禮服？根本就是內地那種替人足浴的桑拿公主」……

這也難怪了，女性主義談到深處有此一說法：說維繫父權且壓迫其他女性的往往是女性。入其室，操其戈，女孩們用只有同性之間才懂得的微創與殘忍，彼此傷害，血濺斑斑。脆弱處有如阿基里斯腱，或破窗器。示範影片中，司機拿著它對著玻璃如累卵的最大受力角落，惡狠狠敲下去，華麗光滑鏡面泛起蛛網，下一刻即爿爿破碎。

像辛曉琪那句歌詞唱的——「女人何苦為難女人／我們同樣有最脆弱的靈魂」。女孩的鬥爭不僅是階級性的，還有同儕之間的，前輩與晚輩，青春正盛和風華猶存，競爭，嫉妒，包裹了溫暖與善意的友誼與偽友誼。訊息不斷被扭曲傳遞，用輕盈的口吻講出硬幣另一面的世界本質。而口耳相傳間，你發現不斷遭複寫或誤讀的話語，成了女孩們終其生要對峙的怪獸，牠爪牙觸鬚噁心地增生竄長，如腫瘤或惡性組織般癰腫膨脹著，但一刀剖開，內裡金黃琴弦般的心靈卻又如髮纖細，晶瑩、脆弱、感性，一碰就泛起閃閃裂痕。

這大概就是最後的祕密了，有些醜陋，卻又有些傷感。這件事我只告訴你，你先假裝不知道。

顏艾琳的秘密口袋
顏艾琳 著
人間叢書 7
蓮的聯想
余光中●著
人間叢書 34
左手的繆思
余光中●著
掌上雨
余光中 著
五陵少年
余光中著●大地出
余光中著●大地

輯二 文青大亂鬥

「你想起最後的習題——人終究因為愛、抑或是因為恨而活著？」

小白菜

小白菜，地裡黃，討了媳婦忘了娘……

外婆的帕金森氏症發展到末期後，因服藥衍生出各種副作用，疾病本身就像腫瘤造型的世貿一館，一幢歪扭扭斜插進另外一幢，藥，點滴，抽痰，導尿，滿桌的紗布棉花與醫療器材，如鏽蝕牌樓樓梯間的裸露的鋼筋、和用途不詳的明暗管線。

如果把「末期」這個詞具象化，變成物件或隱喻，變成一格又一格的檔案或墨漬、或幾行詩，充其量就是如此吧。不用傅柯理論中將醫院視為異質空間的基礎，誰也看得出來那是一種日常之外的異常。護理師、看護、住院醫師隨手推門進病房，拉進來冷光儀表板清晰敞亮、持續發出訊號音的器械。此間一切隱私、祕密甚或是愛，都以另外一種力道與折角運行著，憐憫與同情都被消磨成超超薄玻璃或保險套那般、幾乎讓人忘了它曾經存在。

在諸多副作用之中，最拗口也最後現代的癥況要屬「譫妄」（delirium），你想醫學教科書裡自有其定義，包括幻聽幻視、焦躁錯覺及日夜顛倒，但外婆特別反應在對於死亡的恐懼。深夜她如夢囈如驚醒喊叫著，有人拿刀要來殺她，有人要來拔除她的維生管線。即便你笑謔地和她鬧著說，她鼻下的那條不過只是增氧用的鼻管、根本不足以致死……

伊坂幸太郎在《死神的浮力》寫主角山野邊的父親臨終前，對向來恐懼死亡的山野邊說了一段愛無比溫柔的預示：「就像你小時候不敢走進的鬼屋一樣。一點也不可怕，所以我先去幫你探探路。」而外婆與你，則像排著隊、靜候卻不太期待走進鬼屋探險的祖孫倆，你只能這麼眼巴巴看著排在隊伍頭前的她，就這麼一步步向終點線靠近。

只能玩一次沒得重來的遊樂器材。你們對前方的未知都充滿不安，但你卻只得由著她，就這麼先行一步。

照理說，八十幾歲的人，罹患此惡疾也經年了，她而今之焦躁恐慌令你們詫然無解。

但該怎麼說呢？死亡本來就無以演練也無以彩排。你們站在隊伍後方或更後方，看著她一步步走進鬼屋的光瀑折影。「做好心理準備了」、「多少有準備了」。但到底準備什麼？準備預支的哀傷、恐懼或苦痛，然後時移事往、蒼狗白狗地徹底給忘卻這應當死別吞聲的細節。最後想起劉梓潔《父後七日》裡那感傷過分的句子——「沒關係，我也經常忘記。」

·

據老媽說，外婆幼年時天資聰慧，她父親送她上學算盤和計帳的財務學校。母親說即便在那個戰亂頻仍的年代，竟然能出現如外婆這般聰明機靈的女性。你以研究者的數據拓譜學研判，這種故事在每個家族都有可能滋養孵育，都有可能被加添油醋或銅葉綠素。

但你確實見識過外婆她老人家驚人的記憶力與邏輯——在那個還沒有智慧型手機或液晶平板的時代，她從不用電話簿。親朋故舊、翁婿子媳，隨口能吟詠出幾十組電話號碼。那對數字的敏銳與精準同樣落實於對金錢、對家計財政的掌控。持大家如烹小鮮，每臨了家族聚會的晚餐，你邊撈著鍋底湯汁的馥郁奇香，邊聽著外婆輕巧又極具邏輯性的衍述眷村往事，鄰舍間複雜的人際網絡、以及深藏在旗袍內裡歪斜隱晦的醜聞，時序正確、形象鮮明——活生生靈栩栩，就像一部布局縝密的長篇小說，像一篇考據嚴謹的學術論文。

但終究沒有。她一輩子還是成為哺育六個子女冒芽抽長的母親，再成為誰的祖母外婆，比平庸還更平庸的家管老嫗，燒飯裁縫成了她終其一生微弱微型、卻比什麼都偉大的事業。像習題裡那隻沿著竹竿往上爬的蝸牛，到不了其他地方。

我們而今很難想像了。在那個一切都瀕臨於崩解、毀滅的正在進行式，像一張張負沖暈黃的幻燈畫片裡的景觀。他們稱之曰「大時代」，災難、饑饉、戰火，還有那只能在後殖民理論書裡才能讀到的術語——「離散」。但那實際指的是什麼？太遠了，充其量只能用安穩這個詞彙的相反義以聯想，因此我們還能誇飾，還能寫詩，還能隨口奢言什麼世界末日。

但你想那是一個會吞噬掉夢想，和未來的時代，就是把「被時代巨輪輾過」這幾個字具體出來的樣子。一如颱風過境的清晨，滿地都是破碎成泡片的夢想和希望，還有一個人之所以能成而為人的那些。隳壞如花、苦痛如花，感傷亦如花。丘陵上遍布滿那些被解體了的、被裝歪了的零件，一道又一道錯榫而位移畫上描圖紙的等高線。

但歷史不容任何的虛構與假設，一如人們所說的那些專有術語，空間，記憶，時光或死亡本身。不容假設，不容重來。

·

爾後你在副刊上看到女作家田威寧的一篇散文〈老家的長牆〉，寫爺爺教過她的童謠。那時田的散文集尚未出版，但早慧小女孩特有的纖細善感腔調，模稜晶瑩的複寫進了字行間，一如她描摹老家那堵凹凸玲瓏的磚痕牆跡。你忽然想，自己怎麼沒問過記憶力過人的外婆——關於她老家童謠的殘餘？

於是外婆第一首默背出來的就是〈小白菜〉，她含混而有些誤差的河南鄉音裡，你如今僅記得開頭的三句。「小白菜，地裡黃，討了媳婦忘了娘。」再之後，你上網檢索複查了這段童謠，發現它確存不誣，只是次序與內容外婆的版本略有差異。你想像外婆老家、河南西平縣泥地裡竄長出的小白菜，莖葉翠綠，但根部卻湮埋在黃土地裡，就這麼發黃發澀，蔓衍生成了根鬚與褶皺。

照佛洛伊德那著名的口誤與夢的解析，這幾句歌謠就是所謂的原初殘餘，有言靈寄寓，與創傷表裡。不同於田威寧那種女作家的浪漫與抒情傳統，你又發揮專長對這段文獻進行索隱。在外婆持家的三四十餘年間，子女婚配都得通過她首肯。那種強有力的干涉與長年來的恩怨，執拗地對我們這一代人簡直難以想像。

你父母那段起頭貧賤而寒愴的婚姻，她勉為其難遂成了。多年來就你觀察，外婆與父親之關係張力猶如與藩鎮與君權，強幹弱枝，趁隙待到對方衰弱以將之併吞。而你唯一的舅舅、外婆的獨子，其婚姻卻始終沒得她老人家正式接納。於是乎自你記憶來，舅舅的家族飄洋過海，遠赴金黃如驕陽的新大陸築巢散葉。

討了媳婦忘了娘。

這約莫是外婆最後記憶中的控訴，恐懼與怨毒。它們像染色體端粒的雙股螺旋，緊密糾纏在一塊。在那段你沒有經歷的輝煌獨裁盛世裡，外婆被形容成位於蜘蛛網正中央的雌蛛，勾勾纏纏，抽抽黏黏，就像那些歷史語境裡趑趄心機，像現代版的宮鬥劇裡終於邁進了權力核心而叱吒一時的女人。整個家族、世代甚或是王朝任由她抽絲裹繭，頤動嘴撇，就足以寓言她的下一個世代之終身大事與哀愁興亡。

這是真的嗎？你不禁想問。終究她的慧黠、機智與才華，凝縮而掌控了她觸手所及的那一脈族類，而她與你的整個女系家族也都成了透明而浩瀚宇宙裡獨立而自有重力之星系，就這樣繞著她，公轉自轉了好幾個寒暑、好幾個世代。

但外婆終究蟄居在她的客廳、在餐桌、在準備著年夜飯的廚房盡頭，沒能寫下屬於自己的第幾帝國興亡史。或從恢宏的史觀說起來，即便謄入了史傳典籍，在書簡或羊皮紙上以蟻字注疏了那些榮耀、輝煌與創傷，郢書燕說，臨到頭了又如何呢？

你反芻著家族流傳的與自身見證的外婆的故事，像黃沙或泥灰上摹仿的幾個象形字，一撇一捺都歪歪倒倒、真偽難辨。

你有時想，她本來應當成為更偉大的人嗎？或者應該問說所謂的「偉大」所謂為何？成為真正的集權女帝、創建共和國，或將回憶寫成傳記寫成爾後必定滯銷絕版的書；鐫刻進教科書，鑄成銅像，或將一整座廣場以之為名，留待日後推推搡搡、要拆要毀。

而今也無以假設了。攲倚著單人病床的外婆白髮蒼蒼，被病魔摧折全身再無絲毫肌力、身體如癱軟肉團。寬鬆釉綠色病人袍底下，就是哺育眾子女後乾癟的乳房，幾乎再無性徵。你佇立病床最遠的一側，探望著因夜晚亢奮而白日陷入昏寐的外婆，無事可做，只好不吉利地勾勒那備妥的一日到臨，長日終盡，預支的悲傷卻彷若還沒開兑即跳票的芭樂票。

這時她因肺積水而乾澀卻强韌的聲音，從遙遠如夢境彼端傳來，像翻攪著水族箱底沙的乾涸掌紋。恐怕在幻見的夢境中，外婆回到當年詛咒千百回的婚姻大事、與始終擔荷一家一族興衰的使命感。言靈除魅，巫覡退駕，她再咒罵著什麼也沒人聽清楚了。小白菜，地裡黃。

你想起最後的習題——人終究是因為愛、或是因為恨而活著？

瑪莉兄弟

早安，路奇。

從來沒想過會動筆寫這封信給你，不如讓我們從紅白機說起吧。

忘了什麼時候覺察，你對於時移瑣事有著過人的記憶力。像我六年級你二年級的某次朝會表揚，小學時學校發的餐巾顏色、或營養午餐輪替菜色，我們相差的年齡讓我們共同的國小時光如莖葉截面般透明，且那座中型國小裡人人都知道我倆是兄弟這事。

因此，我想你理當記得你我曾瘋狂成癮的那台紅白電動遊戲機，還有那套基本款的超級瑪莉一代。嚴格說來，在操縱、助跑和跳躍時間掌握，你其實比我更擅長（只是當年的我始終不願意承認）。眼睜睜看著你操縱、著綠色襯衫白色吊帶褲、分明是藍領階級裝扮的路奇在綠色水管間靈巧巧移動，縱身上下，這本身就讓人著迷。

不過你總會將第一出發順位的瑪莉歐這角色讓給我，自己使用路奇。遊戲設定內裡，路奇原本即是瑪莉歐的弟弟。女作家李欣倫敘述過她和妹妹的遊戲機時光，最後總在妹妹嚷喊「這把不算，重來」的耍賴中戛然而止，登登登登、登，按下重來的暗紅鍵。印象中我倆不耍這種無賴，遊戲是如此公平、流暢而細膩進行著，就像那段終將逝去、但瞇起眼卻還看到爿爿白光的鎏銀時光。

媽說小時候買零食你總會提醒「也買哥哥的」，在你自個解釋脈絡中，你說怕我跟你搶，惟出此下策。但我總想起瑪莉兄弟，記起他倆在遊戲中東西跳梁、在管道中來回逡巡，心機地競爭分數與公主，卻又在關鍵時刻相互協助，分進合擊。

這或許真的是一則屬於兄弟的隱喻。

再過一陣子我倆先後都罹患了近視，紅白機遭到爸的盛怒沒收。

漫漫暑假，百無聊賴的我們竟又發現一種新玩法。那時家裡的第四台線路不曉如何錯榫了，我們家的電視轉到某個頻道，可以看到集合公寓裡另一家的超級瑪莉遊戲畫面。於是乎，大人外出繁忙的無盡白晝，我們扭開如色情解碼臺似的，盯著那雜訊不清的黑白晝面看。

我想到的是某篇你或許沒讀過的文章——駱以軍的《降生十二星座》。故事裡主人公向來擅長操控「快打旋風」的春麗，直至某夜裡，陌生小男孩闖入他們的酒吧，投下五元鎳幣，選了原本專屬於他的春麗、還將主角給擊敗。這時主角才恍然驚覺：原來春麗不只是為自己戰鬥。「時間在延長著，這不是最後一關了嗎？」

我倆的那暑假就在邊觀摩、邊評論著樓下電視裡的模擬遊戲中等閒度。說來真的太無聊了。宛如高畑勳《螢火蟲之墓》裡那對大戰中離散失所的兄妹，最後住進了防空洞。在哥哥外出覓食的大半時光，妹妹來到溪邊，和自己水面的倒影玩起猜拳。

這場遊戲是何等巨大的孤獨啊？

路奇，不知道你是否有想過，或許樓下鄰居同樣是一對兄弟玩家，輪流操控遊戲桿嗎？

·

在我輾轉知你生病消息時，病況似乎已到了頗嚴重的程度。大人敘述極專業卻又含混的術語，解離症，官能症，恐慌症……大概精神疾病都非常類似又極其不同。感覺好像生而為人的正常感受：歡欣，愉悅，恐懼或悲傷那一類，隨時都可以成了一種病，只因為過度了，越界了，像被貼了狂嫖縱飲標籤之徒。

我們把感受過於敏銳，細膩而善感的另外一群人下定義，以醫學，以術語，用以區隔正常人。我們難道不記得了？所謂的正常來自於覺察自己的不正常。

那一陣子長期租賃外地的我，實際上看不出你有任何明確的症狀，但失眠、長期頭痛與如異常的暴瘦都旁證了病歷表的潦草字母。「確診」，這另一個硬搞搞、兇虎虎的醫學術語，同樣讓人感受無比荒謬與荒涼。

偶爾回家我也只是進你房間，繼續倆兄弟的電玩遊戲，只是機臺從紅白機換成了新一代又一代機型。在任天堂的賣座遊戲角色大亂鬥裡，即便有卡比、皮卡丘和庫巴等新一代的人氣角色能選，但我倆依舊扮演瑪莉兄弟，爭食香菇、發射火球，那大絕招施放一瞬，畫面燃起璀璨光爆，七彩畫素閃滅撩亂。

「你要多跟你弟弟說話，他現在都關在房間裡……」即便媽總是在返家時給我下達指令，但她怎會不知道我倆共通的時光，就只存在於火樹銀花的虛構屏幕裡罷了。

跳關，你說，直接跳最後一關——那是超級瑪莉遊戲裡特有的密技，水管工兄弟天啓般，得到從管線中冒出的藤蔓，簡直像童話《傑克與碗豆》般——他拾階而上到了雲端，一邊貪婪的撿拾起金幣，一方面往前展開捲軸，鑽進另一個未知的神祕水管，來到最後的最後。

公主就在那危顫顫斷橋的盡頭了，只差最後一招就能放倒魔龍庫巴。

跳關。只是人生到了某個過不去的關卡，豈是說跳就能跳得過去呢？

印象中你秉持阿宅本性，不甚愛旅行，所以我也很少和你分享旅行經歷，但絮叨叨的最末，我腦海如當時錯接的第四台般，想起了宮津車站月台的景象。

宮津是位於京都北部、靠近丹後半島的一座小型鄉城，三絕景之一的天橋立就在一站之隔。即便陽光燦爛，但列車軌道仍積滿了難以消融的白雪。只有兩條墨黑鐵軌不斷往遠方綿延、終而交織。即便那不是我初次見到雪，但日照下折射的透明世界，讓我想到那種雪球玩具。整個視野仿若靜止了，只消隨手一晃、就能再為我們下一場雪。

但是路奇，我們漫長的人生旅次不會像那枚雪球。那分明是保麗龍屑造的雪花。我們就只能蒙著頭，在沁涼的冷風中，在濕冷而易脆的雪地裡，這麼踽踽獨行下去——有時瑪莉歐或許能和路奇接關，但有時不行。沒有水管，沒有食人花，沒有一敲即碎的磚牆，也沒有滿是金幣或烏龜的下水道，破關的一瞬沒有人替我們施放焰火。

當然更重要的是——也不能跳關。

這些事你當然早就知道了，我寫下的同時大概也只是為了跟自己確認。約莫多買一份零食的、當時你的小小心機。

展信平安，路奇。

餐廳

低鈉鹽、糖、味精各少許，依序落醋、醬油、半茶匙雞精粉，蔥末爆香（蔥燒黃魚）。

不過就是些家常菜。但每週必鋪衍一章回，你時常錯覺幻見，好似從太初有道，那個矮胖、銀髮稀疏的乾癟老婦，就是以這樣的年歲身形存活於她的廚房之中。然後時間流逝，外婆肉身如菌絲在廚房內裡繁衍，有絲分裂，她組織成狹仄房間之一的部分，蔥薑蒜醋油鹽從衰老肉體摺皺內生長釀製。

然後，她和你們就永遠被封鎖在這幢陰森宅邸之內。

你記憶中以前不是這樣才對。外婆的兒女們各個成材，兩個舅舅在美國分別拿氣象學和大氣工程博士，母親和阿姨們以各自抽芽滋長的繁盛姿態，加入其它姓氏的家庭，然後開枝散葉。你不僅一次聽外婆單手輕盈拎著買菜籃車，停下腳步和巷口黃媽媽楊阿姨胡謅，關於某個舅舅的公司規模和年薪超過你所有能夠運用的成語總和，或其中之一的女婿公司，發明出一類改變人類未來發展史的重要電子器械（但你後來搞懂後，原來是某種電子交易系統）。那些虛構的、在擬像世界繼續傲嬌無與倫比的偉業豐功，就像豪賭者般被傳遞著。

你記憶中——女系家族的成員雖然分散在紐約洛杉磯台北高雄等繁忙城市邦聯，扮演其螺絲帽功能，依舊如預設好軌道的磁力線，始終彼此牽引，圍繞星系的中心運轉。就像不久前的新聞，國際天文學會時，學者建議將冥王星降級成矮行星，但倫敦一所國小的學童卻群起抗議……為一個運轉軌道與萬有引力都歪斜偏移的迢遠行星，有這個必要嗎？

後來就不那麼一回事了。大舅所待的龍頭電信業、爆出超貸醜聞。華裔背景他名正言順淪為黑鍋候選人。膝下無子的二舅抱薪救火，回傳已收養非洲裔女兒的電郵。還有小阿姨的科技新貴老公，搞出了境外洗錢的馬蜂窩，那些對價匯款，讓你想起前總統幹的勾當，將大筆金額在你沒聽過更遑論拚讀音的叢蘙小國（類似模里西斯、貝里斯、列支敦斯登……）挪來移去。你童年也有那樣的秀，魔術師掀動布幔，讓直昇機環伺的一整座女神雕像憑空消失，明知是訛詐術，卻依舊媚惑動人。

就像連串的骨牌、像那隻無心拍動翅膀，其效應卻穿越海洋的蝴蝶，整個家族分崩離析。然後外婆開始燒菜。

你親眼目睹過温熱菜餚從廚房深處端出來，你們圍著圓桌埋頭進食。惟此後，你再沒瞅見外婆正臉，那酣胖厚重的背影繫著黃漬圍裙，所謂的「外婆」從此化身成隱喻的本身。餐桌對角線，你倒瞥見跑路中的姨丈將滷牛肉、大蔥、甜麵醬裹進薄餅內，滿臉食之無味；隔壁小學高年級的表妹，專注地將鹹蛋苦瓜沾黏的鹹蛋挑食且任性地剝離，終於換來舅媽怨責，哭鬧、怨毒、愁容與低吼縈繞著餐桌，久久不散。衛教知識告訴你——食物可以讓我們滿足生存所需的營養以及口腔的歡快……但真是如此？你只能從持續端出擺滿的滿桌佳餚，粗糙草率地認定你們的外婆目前為止，依然活著。

・

發麵兩小時，宜以手撳，活麵費勁，順時針來回擀，佐以油鍋文火慢煎。（烙餅）。

後來，跑路的不出現餐桌。再後來，無薪假、領失業救助金或裝忙的家族成員，和他們羅織事由、佯稱學測、寫論文、搞文藝的表弟表妹一併不再出現。你是最後一個也是最後一次見證外婆的餐廳秀。她依舊背對你，姿勢角度光影甚至是圍裙裙擺的折角……都和一個禮拜前一式一樣。

菜餚不斷端出，然後溢出旋轉桌的檯面，擺不下了，外傭悄悄將多餘菜餚一盤一盤清空、倒盡廚餘桶。外婆持續在火焰前抖動身軀，你則不斷地吞食每一到菜，毫無所謂的品嚐或味蕾歡愉，你不斷進食，然後挖吐，吐滿廚餘桶，繼續進食，這終究也成為一場作弊大胃王比賽實境節目。只是你渾然未覺。

你後來才知道，外婆想要她的廚房作為磁力線的軸心，作為太陽系。她認為只要廚房繼續烹飪，所有歪斜、曲折、因為用光引力而脫離軌道的行星都會回湧此地。就像托勒密時代的地球中心轉動說，就像澳洲原住民絕地天通前對烏魯魯這塊花崗岩脈的記載。宛如世界中心的存在。

然後某個週末傍晚，你終於感到饜飽感襲來——就像達飽和吞吐量的通商港埠，像過度狂嫖妄飲的慣犯，你再也不進那間廚房，被整個家族視為監獄形式的餐廳。印象中多年前市中心也有過類似巧構，餐廳佈置成監獄外觀，用餐者入席前帶好腳鐐手銬，鋃鐺入監，服務生手持刑具似的餐盤刀叉，將粗製濫造一如牢飯的菜飯，粗魯惡意拋給每一桌食客。

你從窗口遠眺，視線穿越街衢，隱約瞥見那幢有著庭院的微型宅邸，嚴縫密接滲出的燈火逐一黯淡，最後獨賸廚房的暈黃白熾燈，在歷史與時間的盡頭彷彿若有光。然後你安詳入睡。像《大亨小傳》裡蓋次比每晚臨睡前，總隔河凝望戀人黛西門庭前那盞螢綠夜燈。黑暗中的熒熒燐火搖曳，何其悲傷的意象，將整個夜空薰染成另外一個靜謐夢境。在此際我族無所謂療癒傷害，圍著篝火外觀卻以百億畫素的摺疊光影，跳起無有衰老、無有肉身、無有記憶體的妖麗之舞。在天亮以前，雞鳴以後。

無可迴避，你是義務在身。身為長女的母親死後留給你鄰近外婆住處的祖屋。資產與負債共同繼承。責無旁貸，最後你在家族集會中出具因反覆催吐而導致胃食道逆流與潰瘍等傷害診斷書，你被允許得以遠離那烹調強迫症的老婦。

不過最早通報外婆死訊的也是你。

- 選用中段蹄筋、烏參百公克，枸杞、薑片、山蘇葉各少許，蒜頭若干，悶燒兩個鐘頭，起鍋時以太白粉勾欠（蒜醬烏參）。

外傭跑路時，竊走屋內大部分有價動產，整幢豪宅滿目瘡痍。幾個阿姨循古禮，雙膝著地爬著進家門。你沒目睹這一幕，你盯著外婆的腳邊。戴口罩手套釉綠色抗菌制服的醫護人員，正在處理她的雙腳。就像那名為冬蟲夏草的藥材，外婆從腳底板滋長出莖根，牢牢依附瓦斯爐前的地板。火爐依舊滾滾煮沸湯液，才不過完成勾欠，你看不出外婆這道汆燙的菜名。她的屍身僵硬，眼神卻堅持著要等她和砧板的鱈魚同時解凍，好在時限內完成這道料理。「我沒見過這種事」，那些裝備齊全的救護員說。那還真是算你走運。

就在這一瞬間，枝節粗肥，每一筋絡截面都清晰飽滿的蛆蟲，從外婆餿腐的腔膛爬流而出，一路爬向飯廳。就像牠們早就定居於此幾億年，太初有道，宇宙洪荒，然後才是我族降落，來自閃電，成為單細胞的藍綠藻，然後進化。但放在科學博物館裡的蠟像圖怎麼沒拍出最後的關鍵那一幕？我們靠著寄生吮齧宿主養分以茁壯，挺直軀幹，擴增葉腦中隨插即用、能無線擴充內容積的記憶卡……然後變成陌生的物種。

原本看似專業原來毫無經驗的替代役男，奪門而出，逃往救護車那頭。你腳邊爬滿蠕動著生命體，轉瞬，兩個舅舅捧起肥嫩白蛆塞進嘴裡，然後是阿姨姨丈和表弟妹。有些過胖、嬰兒肥未褪的小表妹很謹慎地扒開蛆體的外膜，掏盡內臟後才食用。「我現在還在減肥」，明明是訓練膽量和挑戰感官極限的節目劇碼，你卻眼前搬演的理所當然給牽引，默默以食指和拇指拈起其中的一隻起來，如黑點的眼睛證明這些爬蟲是真實存在的動物，並非那種恐怖片裡用來恫嚇女主角的道具食物。真好奇牠嚐起來的味道，你和整個家族都成為已死外婆詛咒一部份，來到這如迷宮而沒有出口的宅邸，就非得進食不可。

也惟有進食，方能延續物種歷史，然後你們成為圖鑑學裡壓根不存在或早就瀕臨滅絕的新品種。但無所謂，食慾旺盛等同生命力旺盛，達爾文說。你也開始埋頭啃噬，大快朵頤。享受外婆遺下的最後一道料理。

我的作家老媽

經過時間折射而成的過曝殘像，你經常迢想起那周遭氤氳失真的場景——弟弟和你臨了被哄睡前，老媽坐到了她的梳妝檯，從抽屜裡抽出成疊的稿紙，謄寫著不確切是什麼的稿件。你猶記她的字跡圓胖渾厚，簡直像樸拙幼稚的顏真卿體，但每個字仍穩妥妥塞進釉綠色的稿紙格線內。

多年後你始任教國文課，作文課堂隨時代潮流更變，新細明體排版的電子文件檔早成最大公約數，那種傳統的稿紙手寫字，幾已難再見了。

或許跟電視電影、廣告台詞的輪播洗版有關，動輒奢言自己的母親是平凡中現不平凡之英雄，彷若淪為陳腔濫調。但你對老媽的作家夢，或她的各種無奇險微波折的生命履歷，仍然有一份好奇。即便我們所處的、可正是一個夢想太過廉價的時代，是一個以勇氣或壯遊等詞彙權充書名，跪著也要被複寫成了勵志書作者的朵朵格言時代。

與那種作工的人種田的人，甚至更夸飾更邊緣如剖蚌養蚵甚至淪落風塵之類的身世經歷相比，老媽簡直過著一段完全順遂且典型形象刻板的人生。她在大學錄取率僅十趴的年代考取私立大學，畢業後做過一段時間的雜誌編輯和翻譯，接著轉職公務機關——那可能是那個小時代的中階外省家族裡，讀過大學女性的理所當然選擇。

就這麼過了哀樂中年，老媽修畢了教育學分班趕上擴增的教師潮，成了小學教師。還未到足以領受終生俸的年歲即申請了退休，也幸好，這兩年風波險惡的年金改革，與她絲毫無涉。

·

在你開始寫作，積極開始投稿文學獎的年代沒多久，不知何因緣我島興起了一整組串流並聯的「親情散文」熱潮。又彷彿符應那些年浮支濫報的各縣市地方文學獎項，寫親情的散文大行其道。從我的「電工阿爸」、「漁民阿公」一路寫到「勞工兄弟」，除此之外經歷過抗戰內戰或太平洋戰爭、那些身世乖舛、曲折坎坷到難以想像的含苞欲墜女性們——阿嬤、姥姥、奶奶、媽媽……她們親身經驗（甚或虛構嫁接想像唬爛的）二二八白色恐怖等大動盪、大隳毀。花果飄零，浮花浪蕊無所依憑的大江大海大變大遷，舉重若輕成為背景藍板，成為方法論。這樣的作品總是妥穩穩的，沒有什麼突破，也幾乎不會犯錯。

倒也不是故意唱反調，但回望那幾年，你始終沒交出任何一篇描寫親族的散文來。或許太親暱，或許太遙遠。太氾濫，或這題材本身太艱太難。或許就因為你始終沒習得獎金獵人的想像與擬代技術，導致故事之真實礦脈含量高到了一個純粹濃度，終於寫不出來了。不敢也不忍，絲毫不能容忍過度寫真以至於不忍逼視的再現。

然後就是關於英雄。就像親情似的，不平凡與平凡的英雄本質上一體兩面，硬幣拋翻凌空飛起來，最後只能正面反面兩瞪眼。

主流的英雄，像蝙蝠俠，像鋼鐵人那種。身家上億，出入名車，坐擁海濱豪宅以至於繁華橙紅橘綠之城市正都心蛋黃區一整座摩天樓，川普大樓似的。那是各種意義的核心。族群的，世界的，理體中心的。這樣的英雄本來以世界興亡為己任，繼聖絕智，救亡圖存。不是他們拯救世界，世界本來就是屬於他們的。舍我其誰。

邊緣的英雄，像蜘蛛人，像死侍。或武俠小說裡面才有那種，被賊人奸計擊落山崖谷底，大難不死絶處逢生，挖熊心吃蛇膽忽爾增添一甲子功力。他們的前半生異常地邊緣，又異常地多舛，身染寒毒，經脈盡斷。他們平凡到超乎平凡，那壓根就不是平凡，那是一種極端的變種，反英雄的超級英雄。

女性主義學者克莉絲蒂娃有個理論，名曰「賤斥」（abject），不處於核心卻也非邊緣，不在圍牆裡卻也不在圍牆外。既是間隙也是門檻，文本與文本的縫隙，權力與權力的縫隙，平凡與不平凡的縫隙。我們乍暫貧瘠的生命中太多這樣的時刻，不是非黑即白，不是非藍即綠。就像在大賣場漫長迢遠的隊伍，悠久的等候以及接近無限透明的絶望。終於你排到了中段，這才發現隔壁的結帳櫃台開了，你後端的人群不假思索就這麼排了過去。你依舊被卡在中間，不前不後，進退不能，周旋不止。

你，老媽和大部分人們的生活都是賤斥啊。經驗匱乏，日常匱乏，毫無風波縠紋的粼粼波光鑑人水面，世界仿若靜止。

只是你印象中，那些何其不平凡的偽英雄俠義小説裡胡謅出的「一甲子」，直到這幾年媽媽終於過了六十歲，通過儀式般，你才幡然醒悟恍然地驚覺，那可是真正的一甲子啊。每一天都這麼生活過，沒有波瀾起伏，沒有江海洶湧，這本身就是另一種抗戰，另一種艱難。何其不平凡卻何其偉大。

・

去年老媽意外跌倒，導致肱骨骨折以及某個你壓根不明其位置與學名、什麼旋轉肌袖口的部位破裂。醫囑研判因骨質疏鬆導致傷害的加劇。媽執拗地解釋說因懷孕造成骨質大量流失，這些骨密度正式過繼給了你與弟弟。簡直像《西遊記》裡哪吒的故事反過來，剜肉還父，削骨還母。你實在很難去服膺什麼孩子完成父母未竟的志願、克紹箕裘那一套。孩子本該是獨立的個體，但或許此間終究有了什麼樣冥契的聯繫，你終究成為一個寫字的作者，晨昏論思，在闃黑無光的密室，對著電腦螢屏、以蘆筆沙上造字般的速度，填密起這些墨蟻字。

你從來不會認為寫作或成為作家這件事本質上，有什麼值得誇耀、或令人嚮往之處。有時候看到圈內對於寫作這件事的各種想像與描述——如多維的分歧宇宙，火影忍者的輪迴眼世界觀，或萬花筒扭旋散射的無限重層曼陀羅，藏傳密教的唐卡老繪師套色進的斑斕圖騰……都未免言過其實了。

只是你經常會想起幼年時那個永恆場景——老媽依舊這麼端坐在她的化妝台前，坐對葦編和那張敞亮方鏡，夜夜撚亮起熒熒燈火，郢書燕說，將那些文字謄寫進了稿紙。但你難免疑惑，那些分明被編織出來，卻從未刊行運轉的故事，到底去了哪裡？日本推理小說家宮部美幸在《英雄之書》裡寫過關於另一個世界觀「輪」的故事。此界所編織文字或故事的織者，會進入到另外一個輪之中成為無名僧，永遠去推動所謂的「咎之大輪」。因為編纂羅織故事，虛擲話語，本身就是一種對隱密歧路的想像。

所以你時常想起那個、也曾經想成為作家，孜孜勤勤地寫作、不為了任何目的、稿費或名聲，夜闌人靜挑燈剪燭，就這麼一直寫下去的作家老媽。她仍時常和你們提起她那些譯作和出版品，那些她投稿發表的文章，在家庭副刊或醫療的一隅版面，即便你們這一代已甚少翻閱報紙，但她仍小心翼翼收藏折疊，遲至你年節回家終於從百寶袋裡掏出最深處的故事似的。

那些不僅只是故事了。就像毛線團裡深處挾藏的金羊毛，是我們心底最深處那枚猶如銀杏葉般閃爍熠熠的琴鍵。

雖然距離文壇或所謂貴圈或許還差了幾里路，但毋庸置疑，老媽是你所認識的第一個作家。那是真正的寫作者才得以具備的形象，書裡酒痕詩裡字，筆跡不那麼娟秀，稿紙的壓痕未褪，鐫刻詞句時她的坐姿卻異常筆挺，微物之神，靈感之神，創作之神，那是真正的降靈術，是傳說中寫作者唯有進入到超我，臻至化境，故事，詩句或人物形象終而自己靈動飛舞起來，進而干涉整個故事走向與未來的至福心靈。

如果有神思，約莫就是在此際。

・

忘了是多少年前，那時你約莫還初試寫作，才剛得到了第一或第二個校園文學獎。你大言不慚，以荒謬豪宅廣告裡那種比海還深之願力，對老媽許諾，說要替她寫一篇述恩榮的親情文章，最好能趕在她五十歲生日前夕，巍巍堂皇，還一定要榮登在幾大報的副刊。

那時你全然不理解副刊多半不太會登這種述恩敘情的文章，自己也不過是隨口嘴謅。那時你投稿獲刊登的性價比趨近於零，大報副刊對你壓根是無緣發表的園地。

只是這篇文章始終還沒寫出來呢，不消幾年，新舊媒體大風吹鬼抓人、紙媒衰榮網媒代際，從部落格新聞台到臉書到粉絲頁，發表文章管道猶如老三台到第四台似的一夜爆炸成長，再無副刊守門人機制，但也不知因緣你也就淡忘了當時的許誓。

十多年又倏忽轉瞬，老媽竟然也屆臨了六十五歲的年長者界線。悠遊卡嗶三聲的響亮導盲音，佳節定額定省的敬老年金。她恐怕也步你的少年癡呆後塵，老早淡忘了那疊深藏在化妝台裡，抽屜深處的斑駁稿紙。字跡未必仍然清晰，但釉綠色格線依舊整整齊齊。

但幸好，你想起了這段猶如考古釘鎚敲擊恐龍化石骨脈般的昨日花黃，想起了故事裡沒那麼平凡，也沒那麼不平凡的老媽與她的作家夢。約定這詞彙在日文裡，以和製漢字寫成「約束」，那未竟突梯的誓言，終於解了的經年緊箍咒術。

你視覺暫留的英雄依舊在滾滾沙塵裡，在他們那宛若《西遊記》九九八十一劫難渡盡的旅程中，無畏艱苦匍匐前進，其實這篇文章壓根不用你來寫，因為你早就有個作家老媽了。

海峽

在前往這趟旅行之前，我和妻陷入了某種難以言說的困境。像密封玻璃罐混摻進了空氣，也如開進狹稠窄巷加坡道的會車——無論怎麼打前進或倒車檔，皆難以掌握進退的進油門量。

我安全感匱乏的纏黏與任性加天然盧，加上妻難以撥空的工作量，我倆的關係似乎就這麼卡死了，黑羊白羊過橋似的，既不能往前走，卻也無由轉圜。像晶瑩剔透的玻璃球體上，黏上了怎麼搖都推不掉晃不落的雪花。直到我倆穿過了那座海峽。

我直到現在還記得小學低年級時期，社會老師上課和我們說：台灣海峽不是自然形成的，而是以人力强行割裂開來的。他大概想用這種具象化的形容來描述「割讓台灣」這個國族寓意濃厚的課綱用語吧？但當時年幼的我，想像的卻是數以萬計穿著縮口鼠灰工作服的藍領朋友勞工兄弟，手拿電鑽焊槍十字鎬，衆志成城在黃砂岩盤的泥地上施作，奮力將廣袤的陸地與島嶼，以粗曠工法切割開來。

當然，現在想來，那些課綱，用語，和老師的說明，都指向了那個正確卻又荒謬的年代什麼樣的狂熱與認同。但大概是我初次關於海峽的記憶。

根據辭典的定義，海峽是指「被夾在兩塊陸地之間，兩端連接兩大海域的狹窄通道」，然而說起台灣與大陸之間的海峽，未免牽扯太多政治與國族認同的情感和理論。最著名的約莫是余光中那首關於長大以後和鄉愁的詩。

這次暑假我和妻規劃了小豆島旅程，而參觀世界最狹窄、寬度僅九公尺的土渕海峽，一開始只是順便。但或許它真的過於狹小，我們竟為了找這座原本就難被注意的海峽而迷了路，虎狠狠吵了起來，最後轉進了無以使用導航的橋樑與路口縫隙，在模稜巷弄間兜著圈子。

我們棄車而在斑馬線兩側來回逡巡，足足找了二十分鐘吧？這才發現剛剛尋了老半天的最狹隘海峽，就在剛剛好幾次穿越路口的正下方。

才下午三四點，周遭已幾無人煙，僅旁邊施工的圍欄內傳來機具施作聲響，以及著釉綠色工作服的工人隱隱說話聲。就算是什麼世界第一的認證，對常居島民而言，也只是橋底路面下的一泓水潭罷了。

不過實在難以想像啊，象徵可以通過的綠燈人形快速閃滅，十幾秒鐘的時間，一轉身一跨步，我們就跨進了一座島嶼，穿越了一座海峽。橋面下的海水掐綠又純淨，我回想地理歷史課本的著名海峽——博斯普魯斯，直布羅陀，麻六甲，霍赫次克……關於與它們身世密切相連的會戰，通商港埠的條約或協定、現實與傳說。

回過頭，這才發現土渕海峽隔壁就是旅遊書的另一個景點「迷路的街」，直譯即便不難理解，但日文「迷路」還有「迷宮」的意思。由於瀨戶內海向來是海賊活躍的區域，因此過去小豆島居民為了拒塞海賊，將街市巷弄以意想不到的扭曲、周折與蜿蜒的狀態接榫在一起。這樣的意象似乎出現伊藤潤二的某篇恐怖漫畫中，也讓人聯想到《世說新語》中，王導設計建康城的「紆餘委曲」。

無怪乎我和妻剛剛就這麼迷路了，這是注定的，大自然，天造地設般。

於是那個下午，我們只得這麼穿梭在舊宅木門楹廊之間，奔跑、緩行或徘徊在如腔膛如腸管般重層嫁接的巷弄裡。每個轉角，路口，一陣微雨後玻璃窗面圓亮無暇的水痕，都變成了一枚又一枚時光節點本身。像捕蠅紙上黏著斑斑蚊屍，像言叔夏講過的那個隱喻，身體被鼓脹灌滿，肚腹深處搖晃著一整個下午的海洋。

我最後才覺察——這就是海峽的隱喻吧。在島嶼與另一個島嶼，陸地與陸地之間，海域與海域之間。那是羅蘭巴特講的「文本間性」理論的具象化，文本鏈結著另一篇文本，而慾望指向了新的慾望。

即便可能會有些蹣跛踉蹌，有些步履闌珊。但在迷路以前，跨越以後，我們好像也能這麼繼續向前走了。

紅髮安妮

記憶中的紅髮女孩穿越絲路般蟲洞，筆直朝你走來，敞亮的日光灘在滾燙的柏油路面，如一泓靜止鑑人的湖水。她玫瑰紅色的長髮披肩，隨手以髮圈挽起，髮圈是在夜市買的，三條兩百、水玉點點款式，可愛且無敵，無須譜系學考據也能推測莫非是年輕的關係。安妮，你稱她，約莫是紅髮緣故。

她像去遊樂園那樣小鹿斑比跳上車，只差沒拿彩虹氣球和霜淇淋。沒圈住的鬈絲披肩散亂開來，艷紅紅地綻放著、隨車行颺起，像哪一首抒情詩裡最雋永的意象。

那時你們還聽許如芸，聽蘇慧倫，聽剛剛出道的梁靜茹——「愛真的需要勇氣／來面對流言蜚語」，還以為柔軟清亮，如空靈嘹亮的雪天使般的娃娃音暖聲，會這麼流行到永遠。沒留神，甚至才一轉瞬，A-Lin 就神諭般登上了選秀節目舞台，炫光太空艙儀表板樣的華麗舞台，巨大麟角的孵夢之獸。

她開口即宛如祖靈降生的渾厚嗓音，既堅韌又蒼茫，空際轉身，絕地天通。「給我一個理由忘／我深愛過的你」，以鋼鍛鋼，點石成鐵。

以前的那些柔弱温暖女孩子上哪去了？

穆斯林認為長髮極具性魅惑，所以以頭巾包覆以杜絕意淫的凝視。也確實是，你好像始終陷溺在那個午後，遠方有喇叭與攤車叫賣聲，更遠一點甚至有海的氣味。氤氳朦朧，像是遙遠而搖晃的海洋。記憶被髮絲摩挲過你的觸感裹縛，車行如電光如泡沫邊緣的光澤，熠熠排闥，招搖過街市。

以紅黃藍原色折疊成猶如三稜鏡的光瀑中，你和紅髮女孩陷入貪歡恨短的畸戀。你對正軌倫常中的人際網絡，瞞天扯開了各種謊，只為了與她虛度某個聊賴午後。

那張原本嚴縫密結的蛛網開始滲破了一個小洞，接著纏纏黏黏的絲線就那麼隨手坍縮。

安妮慵懶靠著副駕駛座，如初乳小貓般圓亮大眼睛，直勾勾瞅著你看。「可是，你老婆要是發現了怎麼辦？」

你小心翼翼從座墊的真皮呢絨部位，像 CSI 犯罪現場那樣拾起怒放如火的髮絲，將殘未殘。科學期刊的研究説——健康的成年男女每日都得掉一百根頭髮，瓜熟蒂落似的。可都是微物跡證啊。噴濺或轉移，在多波段光源的魯米諾反應下，血跡或體液以螢光藍呈現，宛如刺眼又遼朗的一整片星空。

道德，倫理，偷情的愧疚與刺激這一類的俗套題材，早已在各種官能小説裡的預習過了，但還是難以轉圜、錯身。像不小心沾在手指的快乾膠，和皮膚緊緊糾結的黏滯感，又癢又乾澀。

你想起張愛玲那句貌似也被引用到俗濫的格言。現代人的生活經驗總處於第二重理解——先看海的圖畫，後看到海。慾望和罪愆像失控的重力加速度，小小的駕駛艙成了一艘愛慾羅織的太空梭。

她用右手撩撥著自己的瀏海，世故卻又保有小女孩的童稚氣質。而靠近你的左手故意卻佯裝不經意摩挲你的身體，用成熟卻一點也不的語調和你說話。最後幾個句子轉音好像黏在一起，撒嬌溫柔，性感又小女孩氣，空氣中還殘賸她粉底液的香味，玫瑰色甜膩的香味。

煙視媚行，你學會這成語很久了，但而今才初次看到它具現化的寓象。充其量是這般吧。神燈精靈化為裸女，女人，火以及各種危險的事物，如此挑逗又涉險。

・

你以專用清理貓咪絨毛的滾筒，謹慎刷過她坐過的副駕駛座，與妻半褪的亞麻色金髮相比，紅髮安妮的酒紅太怒放太耀眼，也太年輕了。髮絲一縷縷全黏上了貼紙，纏膩膩，像複寫過後的青春身體。

那具身體，妖冶地幾難逼視。只適合二十出頭女孩穿的單肩綁帶背心、妖魔肆虐露出白皙臂膀。她顯然鮮少乘車，入座時你倆肉膚碰觸一瞬，軟嫩又溫柔。連陽光都嫉妒了，車玻璃外的櫥窗裡，擺著穿著新娘白紗裙的假人偶，不說話的語氣宛如練習曲的旋律。

張牙舞爪的紅髮與即將褪去光澤的金髮，在强力黏膠的滾筒棒上繾綣在一起，魚水交歡那樣，很荒謬。你想起簡媜代表作《水問》裡，一對大學情侶的女生羞於將兩人衣服放進洗衣機合著洗——那類的純情故事，隨遠方的海浪聲漂流到了很遠的地方。

清潔完畢，這時你已忘卻了負疚感。輕柔地愛撫紅髮女孩三十分鐘前才斜靠在此的座位，還好似能體貼椅背殘存的餘温。

在妻上車前這温度會完全消散嗎？空氣與皮椅的熱交換以一種難以計算、摻混寂寞、羞赧與興奮的公式，被撩撥了起來。

終有一天妻會從置物櫃、從飲料架捻起一根全然不似她的髮絲，怒搞搞地質問你。就像A-Lin那曠野聲線的宣言，這世代每個女孩都氣質洶洶，盛氣虎虎，肉食女，她們說。以戰止戰只會換來更慘烈的傷亡，史有明鑑，這場零和戰該如何了結呢？你盤算著。

若非要繼續這樣的危險平衡。不如勸她倆的誰先換染另一種髮色吧？

四海之內

我在南海路、重慶南路附近的幾個街口，度過燦爛明亮以至難以逼視的高中時光。學校附近不乏知名餐館，那種被謄寫進美食地圖裡以星等度量的名店。不過相對於米其林等級，我對隱跡於寧波西街雜沓住宅區裡的四海包子館情有獨鍾。

若沿波討源，「四海」此一概念出自先秦陰陽家鄒衍的「大九州」世界觀。鄒衍認為我們居處的世界由九塊大陸構成，而九州之外即是無垠無盡頭的海洋，分別為東西南北海。所以「四海之內皆兄弟」這句話若這麼來解讀，是很大器的，是超越全球化或大熔爐等級的世界大同。

寧波和肉包有什麼因緣不甚確切，但四海包子館除了菜肉、豆沙包，招牌菜還有三鮮炒麵炒飯炒年糕，這幾年它好像也因應物價而漲了幾次，但那飽滿的高麗菜絲與肉包滑嫩肉質口感，卻不曾縮水或質變。

畢業經年，我還是常回四海朝聖。這就是食物的意義，舌尖味蕾碰觸到那熟悉觸感的轉瞬，情感、記憶與如礦脈底層、肌理細膩的活化石被翻攪出來——哪個午休又蹺課的時光，我和校刊社幾個文藝青年在這開讀書會（在還沒有星巴克或溫州街文青咖啡聚落的年代）；又哪個晚自習結束的煩躁夜晚，一群人因模擬考的分數與排名又嗆聲又叫囂；還有最慣見的場景，失戀的男孩撥著再沒人回覆的 Call 機（如今大學生再也不識的高科技設備）號碼，快哭了卻又逞強、虛張聲勢的表情。

既然專屬的青春場景、祕密基地，當然我也會偕戀人前來。說也奇怪，我們追女孩時多半會設計出浪漫橋段，安排忠孝東路或敦化南路的高檔餐廳告白，但風雪消磨，進階到老夫老妻之後，上館子約會最適合的還是這種溫潤小吃。這就是現實生活吧？柴米油鹽，不用特別矯造或驚豔的浪漫日常。

不過就像一條街道、一座遊樂園或一座城市，戀人分離後的熟悉場景會不會變得面目可憎？與ㄓ在餐館重逢前，我沒思考過這個問題。只是天真覺得分手的前女友不至於任意侵入我發掘的祕密基地——那透過青春、情感和記憶劃定出的絕對領域。

然後快轉到重逢那幕，那天我和剛認識的年輕女孩偷得了悠哉時光，台北飄著微雨，我倆共撐一把便利店買的廉價透明傘，傘下女孩微笑時、側臉的弧線很美，猶如鋥亮的新車鈑金。我們恍若隔世走過半條重慶南路，像感應到什麼青春與傷逝，我提議去四海坐一會。點完餐滑手機的空檔，對座的女孩不知為何說了一句「欸，你看那個孕婦自己騎車來買耶。」

就在轉頭同時看到了前女友ㄓ，無論穿著或身形都與交往時相去甚遠，但我仍一眼認出她，就像舌尖觸碰到三鮮炒年糕的一剎那味覺。我不確定她有沒有看到我，只見她小心翼翼搬移餐盒跨上機車，模樣艱辛卻依舊強悍。她當時的孕肚已很明顯了，與當年纖細身形相去甚遠。

我不記得那餐後來開了什麼話題，但ㄓ跨上機車的身影揮之不去。不知她先生怎麼沒為她代勞？又或她陷入了什麼辛酸悲苦的哀歎中年？不過這些與我都無關了，就像那晚自習結束沒寫完的小考，來不及檢討的模擬考卷……

後來我也沒和那年輕女孩交往。恐怕自己迷戀的也不是緊緻白皙、浮現淡藍色血管的年輕俏臉，只是迷戀失落的青春而已。就像經歷那麼多年、口感未曾改變的包子館。說也奇怪，即便去了那麼多次，那麼多戲劇情節、恩怨暗湧，但老闆似乎從不認識過我。

這樣更好，省了熟客那種噓寒多嘴，不甚殷勤的服務反而自在。

「我畢業以後還是時常回來。」終於有次結帳，我忍不住這麼和老闆說。

「喔，很多人都是啊。」老闆沒停下撇麵的手勁、沒望向我一眼，草率又了若無覺地回話。

那一片片截斷的時光，像穿過隧道盡頭的光瀑、穿透整個宇宙的透明感。本來濃稠黏膩、難以逼視的雲霧終於散開，露出天空藍湖泊。

原來對青春眷戀的人太多了，我不過只是其中之一而已。

往日情懷

接到多年前即分手失聯的舊情人Line的訊息：「我手機送修，需要你的電話和密碼」。不會吧？但Line就是那麼樣一個暖心而雞婆的軟體，幫你硬塞了些有種想見不能見的傷痛的人。

只要稍微理性判斷，都能知道是詐騙的老梗，但你還是疑惑了。會不會真的呢？穿越那時間與磨折的甬道，記憶中最後一幕永恆場所。

是誰不念舊惡，又是誰盡釋前嫌。

你和那或許是舊情人、或許是遠方某個洞窟某個地下祕密基地的蟄伏詐騙集團份子，就這麼聊了開來。試著確認她的身份，她則用（你誤以為的）熟悉口吻應答，難辨真偽。於是乎你問起她記不記得當時共同喜愛的小說家斷面，問她記不記得曾經的那些可愛暱稱，甚至唸出了那些日常朗朗熟背的詩句，密碼。還有寫在少女記事手帳裡、一翻過就是昨日了的格言。

直到她的帳號再次消失，像海市蜃樓，像連絲毫餘温的愛都不剩下的最後一幕《杜子春》。「天哪，我遇到詐騙集團了」，你發現卻又太遲了，一如那段往日情懷。

入境
ARRIVAL
PAC-7

輯三 貴圈真亂

片尾了，凱特布蘭琪背對著鏡頭緩步登上女皇王座。

「伯爵你看，我結婚了。嫁給英國。」

蟬

從小大人就耳提面命告訴你，一定要好好唸書。不好好唸書的話，就要去當戴著鮮黃工地帽、走上鷹架的工人；就要去當爬下地底管線滿身泥汙的忍者龜；就要去當睡公園骯髒惡臭、頭旋蚊蚋的遊民——那時還沒「街友」這個相對有尊嚴的稱呼。

你信了，而且還深信不疑。你發了狠瘋了魔好好唸書，唸得比一般人還好，還久，還認真。

記得碩士畢業口考完、宣布成績時，擔任委員會主席的老教授站了起來，將你的論文捧舉起，刷地一聲拋向桌面，幾乎要激起圈圈漣漪。

「這叫什麼？擲地有聲啊！」老教授聳著他雪白眉毛，神采飛揚。「這位同學，口試委員決定給你一個前所未有的高分，其他同學就罷了，就你，一定要繼續深造，留在咱們學校攻讀博士班。」

你覺得他看起來不大像哲學系教授，反倒像武俠小說裡金盆洗手、退隱江湖的老掌門。武林大會時飄然而至、身法平庸、龍鍾老態，卻身懷一套驚世劍訣的那種。而現下，他準備將這套絶技招路傳授給你。

果真是英雄出少年。只是當時沒留心聽，老教授用了一個略顯生澀險僻的詞——「攻讀」。好像從那天以後，再也沒聽過有人用這詞彙了。

幾個月後，你如預期的龍頭榜有望，報名人數十七人，錄取十三人，備取原訂十三人，因不足額茲以流用……原來「攻讀」博士班也不如這個詞彙之意象、之能指那般艱苦卓絕、沉舟破釜，不用到黃沙百戰穿金甲、誓掃匈奴不顧身那般。

文學院新科博士生餐聚，你雖沒刻意炫耀、卻蜿蜒把話題兜到了口試場景。「口試委員把我的論文扔在桌上，說這寫得真是擲地有聲」，鄰座女同學搶先說了。原來這不是獨家門牆，彷彿小魚逆流上游的創世神話，可以同時激勵或唬爛一整個世代的青年。

你再次回想那白眉鶴髮的老教授，覺得他不大像哲學系的教授，倒像戲劇系了。

．

無所謂。比起其他人，你一口氣攻讀博士班，天生就是做學術研究的料。像攻頂登上珠穆朗瑪峰，滿巔遍嶺粉雪如神啓如煙塵般紀錄片畫面。祖師爺賞飯吃的最好證明，就是你每學期都領研究所的獎學金；每年至少一次參加國際性的研討會；每每走廊上迎著師長，他們稱讚起你認真治學的態度，激賞你檢索文獻的詳實，甚至反覆徵引你論文中最機巧的辯證模式。

「畢業後你若考慮留在我們系上服務就好了！」臨別之前師長還說了這樣的願望，像吹蠟燭之前的最後一個心願，像負載了整個宇宙祕密一枚蛻了殼的蒼白蟬蛹。難不成他們全是戲劇系的？

六月的蟬又囂譟了起來，怒放如火的鳳凰木和難以逼視的畢業季。一個夏天接著一個夏天。

相較之下，博士班畢業的口試就顯得平靜多了。口試委員慢條斯理唸出你的分數。接著一群人就散了，像沙漏那樣，像沙漠那樣，像沙漠最底下那一株不可能開花的仙人掌那樣。

屬於你的六月。畢業典禮當天爸媽專程北上觀禮，你頭戴寶藍色的都鐸圓帽、披掛代表文學院的骨瓷白垂布，司儀唱名，緩步走上講台，像二十世紀中葉那種電影明星走紅地毯，滿地都是破碎的鎢絲燈泡和鎂帶。校長授證、教務長撥穗、院長喜笑顏開地邀你握手、合影。

哲學系順位排第一，眾學科之母。只是彩排時教官特別叮嚀你，後頭還排了兩百一十七位博士畢業生，請你務必加快腳步。

這是你人生最近一次的燦爛吧？煙火散射，羽毛變成了鴿鳥，南瓜變成了馬車，玻璃櫥窗裡響起了交響樂的旋律。

畢業頭一年，仰高教司德政，你留校擔任博士後。俾晝作夜，幾個學長學弟妹如坐困幼獸、死守乾涸的研究室，努力灑水耕耘。你隔壁座位就是當時聚餐的女同學，鑽研英國文學。忘了聽誰輾轉八卦，說過她的陳腔情史——為了學業與論及婚嫁的男友分手，虛擲青春花朵，寫真集和沙龍照被沖成了負片，塗成了繪圖軟體的反白遮罩。

喔，對了。就像攻讀、燃素、天動說或乙太這種不再科學的詞彙，現在我們也不講「論及婚嫁」了。

·

也是這一年，你興致搞搞投出一箱箱履歷。學位論文、代表作一式六份，推薦函三封。剛從影印店領回的八磅紙還熱燙燙的，顫抖的指頭壓平每一頁學經歷證明，裝進大地褐色便利箱。新紙箱每道稜角都硬簇簇，就像最初的夢想、或勇氣那一類的擬仿物。

你還懇託口考時演技浮誇的老教授寫推薦函（幾次後他總推說出國），接著熱情飽滿地裝箱，像築建一座海底城市亞特蘭提斯那樣慎重行事。水道分歧成了迷宮，分歧、成了心電圖微弱的給未來之夢。

擲地有聲的論文全裝進便利箱，運費顯示它超重了。「可以請你自己搬過去嗎？我搬不動」。連郵局櫃台小姐都這麼說。

第一次收到面試通知也是盛夏，任衛星導航領著，前往那間從未聽聞校名的大學。成畦的菜花田連接著遼朗的海洋，在遠方無聲地展開。再前一步就是天涯。

「前方兩百公尺，目的地就在您的左側。」車停在菜花田正中央，路的盡頭不是海，也沒有水族箱。你焦躁地望向導航女聲，那乾澀的電子音溫柔包圍著你，像隱身水蘊草保護色的小丑魚。

系教評委員圍坐馬蹄會議桌的另一側，用像海象像獾的側臉、用髮際線朝向你。幾個教授無視於你，窸窸窣窣交談，浮出雨季般潮濕的笑聲。

三十幾頁投影片，幾公分厚的備審資料，還有結束時的草率掌聲。系主任老半天才出聲，老花眼鏡架上低低的鼻樑，更趨近於海馬了。「這篇論文寫得、還可以。」然後沒了，完了。聽學長說後頭還好幾關——著作外審、院教評、校教評……像買了遊戲光碟卻漏了攻略本，難度地獄級，還沒看清楚遊戲介面你就被傳送回新手大廳。砍掉重練？有些遲了。

其實無所謂。沒人在看你還是能演講，沒人在聽你還是能歌唱。

就像你去私校兼任的通識課那樣，一頁一頁地按鍵翻過投影片，頭不敢抬起看教室。你知道除了坐第一排的女孩以趴姿酣睡外，他隔壁的男生電動音量比麥克風還響；中間幾個聒噪女孩邊打腮紅擦指甲油、邊轉過頭去抽薯條聊天；更遠一點、群以類聚眼神凶狠亮著刺青胳膊的少年，大聲下注賭他們的梭哈。他們聽過真正的蟬聲嗎？

最後一排染金髮的老大，索性直截在教室後頭點著了菸。你被煙香給熏痛了鼻眼，終於抬起頭，面無表情望向他。「幹！看啥小？恁北呷昏袂使喔？」

接下來的幾年差不多，像洋流進入大陸棚以緩坡下降，又像捷運離站的無韻導盲音。你繼續兼課、課名任由通識中心排。哲學與文創，哲學與應用，哲學與人生，反正這些課最後只能教成一座洞穴、一座蜘蛛巢，你繼續困守在你的船桅和你的無風帶，開拓自己錯過的大航海。

兼課第幾個學期了？像荒島餘生的漂流記，你再不於朽木鐫刻符號，再不結繩，再不燃燒篝火。你白日假寐，臨了傍晚出門，趕去接進修部夜課，鄰居太太佯裝無知過來刺探。那麼晚上班？白天不工作？寒暑假有薪水領嗎？

從小到大你都是辛勤耕耘、努力積累的螞蟻，眉睫一瞬，成了寓言裡在寒冬到臨前只顧唱歌的疏懶蟋蟀。

能不能當一隻蟬就好？至少牠擁有屬於自己的夏天。

你依舊投遞履歷，轉過頭，從宅急便箱型車上接回退件紙箱，紙箱幾經裹捆成了髒褐色，和當初的夢想再無色差。而成長大概表現在你輕巧巧將退件函抽出，對摺再對摺，再不去讀字行間的偽歉意——「閣下學識淵博」，最好是。「無奈遺珠難免」，為什麼是我？「日後若有借重」，有課要倒了，有老師跳槽，有教授休假，有主管借調……

荒謬的是你竟沒放棄研究，比放棄治療還難。博士論文寫的是魏晉南北朝時期的中國佛教——關於執念，關於因緣，還有業。你不見得比別人參得透，尤其是空，壞空，色空，空空。空無是用來否定空無的框架，斷斷是用來斷開捨離的嗔癡。就像阿賴耶識裡自無始劫以來，種下一株可能開、可能不會開的微笑之花。

最後你記起了一個自己也不太懂的術語，「不真空」。那張證書也是空的嗎？那些無眠也是空的嗎？

為了繼續研究，你回母校圖書館借書、檢索資料庫。電腦排列的罅縫間，你竟瞥見聚餐時的女同學。她同你似的成了流浪女博士，同你似的端坐圖書館電腦前。惟她沒在檢索文獻卻是坐影片區，眼下正播著《伊莉莎白》——凱特布蘭琪演的那部。

片尾了，布蘭琪背對著鏡頭緩步登上女皇王座。「伯爵你看，我結婚了。嫁給英國」，檢索室光影黯淡，銀幕逆光折射在女博士的臉上，閃爍成異樣的紫藍瘢瘀。你這才看見她脂粉未施的蠟黃臉龐，流淌著熠熠淚痕。

女博士的臉和凱特布蘭琪重疊了，又孤獨又絶望。

你像驚擾了一群鷗鳥、一座森林般逃離圖書館，館外綿延的青石階梯，花樣男孩女孩身著大學袍方帽，笑鬧起鬨，招搖過眼，若無旁人地炫耀青春。

剛剛還燒辣的豔陽爬到了天際線遠遠的一方，椰子樹的陰影縮得短短的。男孩女孩要同伴緊抓跳到最高一瞬按快門，像燦爛這個詞的明喻，像這季節過度嘹亮的蟬聲，準備迎接生命中最盛大的夏天。

你是什麼時候從最高的一瞬滑了下來，越跌越快，由盛轉衰。如糖液的五月已經遠行，而媚俗的六月最後會剩下什麼？是季風，是暴雨，還是一頭新生成的熱帶氣旋。

你轉身望向巍峨的總圖，望向執妄念又難捨離的書牆，它們當然是知識的隱喻，森嚴的、以象牙建擘的雪白城堡。突梯地，你竟又聽到了蟬鳴。難道整個夏天，到頭就是一幢海市蜃樓罷了？

散文課

「無論如何，今年是最後一年了。」當默念到「最後」兩個音節時，喉嚨燥燥的、澀澀的，像是寄居一隻海馬，或整個濕濡的梅雨季，櫥窗玻璃反射出異樣的光痕。

像手機屏幕廝殺著、光影絢爛的遊戲角色。大學前三年你都摃龜了，復活，撿屍體，按下重來鍵。但最後一次了，像沙漠盡頭的仙人掌，或再無退路的大航海時代。不可逆，猶如管制藥品都會標記的副作用警語，真的沒有下一次了。

所以也不能寫意象閃跳如詩的句式，也不能是缺乏中心思想的拼貼。這些講師ㄓ不早就告訴過你們了？

沙漏倒置，最後一年的學生身份，你非得全國性的文學獎不可。佳作或評審獎都好，當然首獎最好。

「第一，虛構仰賴於細節的描寫」。你想起講師ㄓ拽著白板筆的漂亮指尖，想起她的指節愛撫過你後背肌的黏膩觸感，像臨清晨起床前作的色澤斑駁的夢，夢境本身的夢。

你想起自己初次走進文學營會場的細節。場地位於某大學圖書館，地下一樓，新蔟蔟階梯教室，像電影裡的大學模樣。除了階梯教室，兩側還有幾間卵形研討室，你們分組討論、作品演示時就在研討室進行。全霧面玻璃隔間，浮雕字體和冷光的壓克力白板。每間內建有高瀏明度投影機，窗明几淨，像剛出廠的新車鈑金。

你就在這第一屆的文學營認識講師ㄓ。那年你剛升高三，廣告上載明歡迎對於文藝有熱忱的高中生參加，若持國文老師推薦函，報名費享七折優惠。你那時志向單薄像初癒的傷痂，想試試推甄中文系。英數兩科大勢已去，國文勉堪一搏，破釜沈舟了。如此權衡，投稿文學獎或參加文藝營都能加點數，可以插進備審資料的二十四孔活頁匣，在旁邊劃上漂亮而稜角分明的無敵星星……

在能容納百人的階梯教室，你初見講師ㄓ。她站在一個不確定是禿頭或光頭的知名作家旁，你那時不認識任何知名作家，也沒注意到講師ㄓ。光頭作家講演時大幅度揮動手臂，你覺得那毫髮不生的頭型不大像作家、倒像飆車電影的特技演員。

與之相比，ㄓ始終冷悄悄，面帶微笑卻慵懶又疲憊地敲著講桌，好像這個營隊、以至於我們居處之星球的運轉或南北極散射的磁力線，都和她無關。

這是你對講師ㄓ的第一印象。你那時當然沒揣想過——她總是顫抖著櫻唇的觸感，或她高潮瞬間、瘋魔如母獸般的嘶吼。

前幾堂課你沒太認真聽，倒是作了幾行草率筆記。幾年過去你翻弄當時的稚嫩字跡，仍不很確定這些理論、作家，年代的意義與指涉。氣泡迸裂，無妨，隔年你如願推甄上中文系，也開始投稿至今還沒得過卻靈光氤氳的文學獎。

忽爾輪到講師ㄓ的課了。她側坐研討室前方，右手食指和中指不費力箝著白板筆，像是上個世紀末燈箱廣告上、孟浪不羈的女模特兒。只是她把筆當成了萬寶龍涼菸，輕盈轉動著。你盯著她清脆修長的手指，眼看著ㄓ把板書抄寫在隔間玻璃上，娟秀的字跡和她白皙手腕彷彿在發光。

這堂課介紹散文，壁報紙上還註明了要練習寫「親情散文」。「對於還是學生的你們來說，親人應該是最熟悉的主題。」講師ㄓ的口吻像在演繹某種守恆的定律——馬丁路德釘在威登堡教堂的九十五條論綱，約翰國王簽署大憲章，波以耳定理或費氏數列。

家人？阿公阿嬤對你來說只是催你吃飯睡覺、好好考聯考的老灰仔郎，你沒跟他們說過多餘的話，他們甚至不清楚現在只有學測指考，早就沒聯考了。有了智慧型手機後，團圓飯的聊賴時光，就以手遊等閒度了。爸是中階公務員，媽是國小老師，你參觀過他們辦公室，跟網路照片差不多，桌子併著桌子，中間是淺藍色隔板，桌上放行事曆、分機和文具，像水族箱底沙那樣貧瘠又乾涸。

「親人的身世職業」。「你與他之間的互動或記憶」，講師ㄓ轉身以漂亮手指謄寫板書。你在家聽過爸和同事的公事電話，也看過媽伏在餐桌閱卷出考題。記憶像馬里亞納海溝底的醜怪魚種，沒有被翻攪出水面的價值。

「除了真摯能感動人，希望你們能營造出自己的獨家經驗」，講師ㄓ說話時帶著黏膩而娃娃音的輕柔聲線，像貼近貝殼就能聽見海浪的回音。更重要的是你發現她微笑時下顎弧線超美，一座枯涸的水族箱、竟能竄長出茂盛水蘊草。

接著小組討論，你視線離不開講師ㄓ了。她繼續以微笑以側臉對你，低頭和學員說話時，將不經意垂落的髮絲撥回耳際。你沒有變成海馬卻成了蝙蝠，用觸角雷達和隱形聲納，探測著與她之間的距離。

探索著像繭一樣整個世界的祕密。

「請你們預讀這篇散文，明天進行小組討論。」講師ㄓ說完就離開教室，髮絲又從耳際散落，今夏的蟬噪格外響亮。

「小時候不確定怎麼在聯絡簿上說我爸的職業，『運將』，別人都這麼稱呼他」，精準不過飾的修辭，一讀就知道ㄓ的父親是計程車司機，但你總覺得不大能接受。異質感有如人造衛星軌道、如非洲牛羚橫越賽倫蓋蒂大草原。是刻板印象嗎？但你以為講師ㄓ出生好人家。即便不確定「好人家」指的是綜所稅的稽徵稅率、是學歷或社會學說的文化資本那一類——但本來以為ㄓ的父親應該是大學教授，母親則是經理或精算師，還擅長鋼琴或小提琴。

隨著文章的發展，你胸腔深處、心肺細胞膜的某部份像被揪扯住了。ㄓ某次夜歸招到了父親開的車，但父親無視酒駕罰責喝個爛醉，駕駛座傳來濃濁酒味。明明錯過了回家的路口，ㄓ的父親卻更將車往相反方向開，接著開始強吻坐在副手席的ㄓ……

天哪，這不是真的，我不要這是真的。你對著那幾張溫熱猶存的八磅影印紙，這麼突梯喊叫出聲。你多希望自己是個文盲，將文字轉換成拉丁字母或楔形文，但接下來的每個細節仍轉化成了詞語，被默讀了出來——ㄓ被父親推到了後座躺平，內褲褻衣褪到了腳踝，車窗的白色霧氣猶如毛玻璃般不透光，廣播電台還朗誦著當時的交通路況……

ㄓ竟然遭遇了這樣的事，太惡劣了太噁心了太變態了。你忘了隔天小組如何演示這篇文章，只是ㄓ柔軟如綢緞的娃娃音，聽起來好像更易碎、更心疼了。你眼睜睜死盯著一只靜好陶瓷人偶被掏空、給玷污，即便淌著血刺痛了手掌，就是沒法把破片給拾齊。

就在幾乎忘卻傷痛的隔年，你再度參加同一單位辦的文學營，今年講師ㄓ成了文學營總召，你也讀到她另篇大獎作品。在那散文中，ㄓ的父親是台電技工，憑技藝與體術自如上下電杆。故事的轉折在父親遭逢觸電意外，不但毫髮無傷，後遺症竟是不師自通各國語言，還獲得天啓般預言能力。

你讀了兩遍，仍不太懂這個故事內建的機巧隱喻，文章後面附列的評審意見，提到語言實驗、魔幻寫實和鄉野傳奇，也是懵懵懂懂。只是經由這篇文章，你終於確認了講師ㄓ的電工父親是假的。那麼，被運將父親壓著褪去衣物的猥褻情節，理當也是假的了。

你好不容易鬆了口氣。

「第二，虛構仰賴於豐富的經驗」。講師ㄓ的聲音穿透了玻璃白板和大氣壓，像一個新生成的熱帶氣旋。

於是你依講師ㄓ的散文為基準、努力練習了。文章開始描寫一個宛如繪本般溫馨的家庭時光。你試著以不拽文不炫學的敘事，寫一對母子的周遭日常，情感真摯。到了文章中段故事倉促轉折，兒子坦承長期以來與母親的肉體關係，極腥羶極情慾的描寫，還加入拳拳到肉的性愛場面。

說來丟臉，你當時還是處男。最關鍵的經驗貧乏，讓你形容女體時制肘難書。還好想起了講師ㄓ的課，想起了她的範文。於是你把經驗轉移到看過的A片，波多野結衣、瑤希的爆乳豐臀你都參考了。更重要是母子亂倫的設定，不得不挑「五十路熟女」這一系列來下載。不得了，乾癟歪塌的乳房、遍佈皺摺的陰戶，原本意淫都不願的大嬸級女優，在鏡頭前瘋狂淫叫……

為了完成這篇散文，你真的盡力了。像魔術師雙眼矇上紅絲巾、走入阡陌錯織的迷宮，分歧之中再分歧的濕地與河道。

這篇參酌了ＡＶ女優演技的散文，得到了文學營的散文組優勝。ㄓ給的評語你都會背了：「本文前半敘事平實，然行文至中段，宛如賦格曲陡然變奏，倫理與崩壞的伊底帕斯情結，如史詩如宿命。原本如繪本般溫馨構圖，成了無止盡的漆黑甬洞。而原本鋪了綢緞的餐桌，布滿斑斑蟻屍……」

雖然不是什麼了不起的獎項，但對你意義重大。講師ㄓ似乎真心替你高興，她的纖細手指挑逗似的摟著你微微顫抖的肩頭。

你忘記誰主動，你開始去講師ㄓ位於內湖的套房，即便努力掩蓋第一次的笨拙，ㄓ卻擺出洞悉一切的世故表情，就像她俐落而不假遲滯的行文風格。之後你還和她爸媽見了面，ㄓ的父親果然是大學教授，母親則是銀行的襄理。

最後一年啊。玄關傳來聲響，你跟講師ㄓ約好截止日前，她來你家指導這次要投稿的散文。但你終究沒如期完成。

「你爸媽不在家啊？」講師ㄓ微笑著，露出那依舊超美的下顎弧線，坐在沙發開了啤酒罐，亮晃晃拉環和她的指尖一樣好看。你走進廚房，把ㄓ貼心帶來要替你們做晚餐的絞肉化凍——本該冰冰箱的，但你怕屍塊腐臭會滲出來。

前天你將這幾年身心科開的安眠藥、全加進飲水機，夜裡趁爸媽昏睡將他倆勒斃且分了屍，屍塊塞冰箱。不得已，他們要是活著，爸永遠只是公務員，媽只能是小學老師。

無論如何，今年是最後一年了，你又非得到全國性文學獎不可。

「第三，虛構仰賴於對事實的否定」。講師ㄓ的每句重點都你作筆記，都用螢光筆劃線。

「我根本沒爸媽啊。」你不確定你因心虛而微弱的聲音，有沒有傳到客廳——畢竟虛構對你來說還是有點困難。

得獎的是

你飄飄然地走過位於城市都心新開發商場的同時，感覺背後汗衫與襯衫接觸的部份，布貼著肉，全被汗漬給沾濕了，黏黏軟軟的，像青春記憶裡那個穿著檸檬黃制服的女孩，第一次把乳房偎在你臂膀交會處的溫潤觸感。

前方是七彩霓虹填充以氙氣的巨大魔幻空橋，連接著一棟又一棟具時尚感的建築，像即將起飛升空的太空艙。你有種錯覺，走上它之後，自己就這麼卸除重力隨之起飛，離開地球表面。

「人生進階了。」像休旅車廣告裡一對小夫妻在草地上拌著嘴，女方忽然告訴男方該添購兒童安全座椅的對白。

獎座拎起來一瞬，竟比你想得還要還要沉，還要重。那是一長條看似金屬造型的筆直條狀物，尖端停著一隻老鷹的雕塑。鳶飛戾天，鷹隼展翅，多好的意象。

雖然已經離開頒獎典禮好一會了，你眼睛還是存留著剛剛被相機閃光燈不斷跳爍，而造成的陣陣炫光。

「我是作家了。」你直到如今始終不太敢相信。踏著紅地毯走上頒獎舞台，從知名前輩作家手上拿下這座雕工精緻的獎盃，前排的攝影師說：「現在請得獎者跟老師合照一張」、「來，把獎座對著我」，接著踏著另一端的紅毯拾階下，掛著記者證、馬尾紮的俐落，露出的耳朵粉粉嫩嫩的女記者靠上前，將預寫了幾個問題的紙抄攤開……

這你曾在好幾個淒冷夢境裡，預習的一幕美麗場景，竟然真實的發生了。就在不到半小時前。

住南部的爸媽已經知道了，他們雖然聽不是很懂，但一聽說自己即將在小說雜誌刊載文章，就興奮地告訴鄰近村里的這個舉動來說，爸媽現下終於以自己為榮了。從那年不顧他們威逼武嚇，硬填滿了十三個中文系志願，已經多少年了？你依然記得那張用2B鉛筆塗畫的志願卡，因太過用力而被捏軟捏皺了，窩在手心濕潤的質感。

通知得獎消息到正式頒獎這一段空隙，其實只有三個多禮拜，但你一刻也不閒滯腳步。「文壇是很孤獨的」，這句話是你最崇拜的大作家，被稱為五年級黃金艦隊的首領，在演講時說的。「讀者如流水」，這句是你在電視專訪時，聽到一個外國暢銷女作家，被評為「被故事之神眷顧的女兒」說的。

不到一個月的時間，你著魔似的將之前猶未成型的故事構想，寫成繼這篇得獎作品之後的第二部中篇小說。相對於得獎作品、以當時代的青年男女，配合存在主義，耗費數個月構思修改方得終篇的小說〈西西弗斯的願望〉。你自我要求——這第二篇作品的敘事風格必須嚴縫密接，同時，在人物形塑上也更具立體感，此外，還得兼顧哲學深度與對人生辯證，以及對生命之沉重控訴……

成為一個作家，這是多麼艱辛而荊棘滿布的道路啊。然而任重道遠，勇者只管前行。

但這一切都有價值。你回味著剛剛將一疊厚達三十頁左右的Ａ４稿，從牛皮紙袋裡光敞敞抽出來，雙手捧交給《華夏月刊》雜誌的總編輯時，那短髮俐落的女總編既怔忡又驚喜的表情。

「大約有三萬字左右，我知道貴雜誌社比較傾向發表短篇的小說，但我這一篇說起來已經接近中篇小說的規模了。」

「喔，其實你寄來我們雜誌社就可以了。」女總編客套地對你說。

「那怎麼行呢，我想總編您對我的新作品難免會迫不亟待。」你並不想在頒獎典禮這樣的場合，和她談到太過於深入或艱澀的議題，只想稍微提一下就好——「與第一篇小說描寫都會青年對自我存在的認知與思辨不大一樣，這一篇小說更具備理論的視角，與後現代、後殖民主義甚至是解殖民等理論，都有些連結」。

我個人是希望能一次刊登完啦，也便於我日後集結成書預作準備。你本來還想補上這句，後來想想算了，身為文壇新人，還是要謙遜低調些。

「那，就請總編您有時間時再稍稍過目就行了。」拜託，什麼過目，你在內心嘶吼吶喊。這可是即將撼動文壇的巨作，你給我一個字、一個字仔細地品讀啊。連屆時集結出版時的書腰文案你都給想好了：「新世代生力軍，舊時光老靈魂」、「七年級終於收穫最受矚目的天才系新人」、「初試啼聲即步上文學史經典之列」、「在荒涼的末日，我們是否還有愛與勇氣繼續活著？」

「好，那我就收下了。回去立刻拜讀大作。」總編如少女般靈光乍現的眼瞳裡，看起來有些水汪汪，閃閃亮亮的。「拜讀」兩個字聽在你耳裡，像盛夏的午後雷陣雨，敲擊在壓克力板的清脆聲響。

．

女總編即將抵達辦公室的電梯裡，忽然發現從早上起床就開始的脖頸痠痛，在不知覺間已經消失了。人到哀樂中年，疼痠病痛成了身體感官臟器的一部分，要有天晨起發現病痛全消，要不是提早報銷了，就是來到迪士尼樂園。

她想起肩包裡的小說稿，某個知名度不甚高的文學獎頒獎典禮上，被硬塞過來的小說。說不定負重反而對於肩頸痠痛有意外的療效，總編暗忖著，明天再來問問看瑜伽教練。

「這是誰的稿子？」總編進辦公室前，繞到了回收區，將新人的稿件丟進「不予刊登／未附郵資不退稿」的大方磚形紙箱裡，進公司才兩個月的實習生正好在旁邊用影印機。

「你來得正好，幫我寫封信給這個作者，叫什麼的……」總編無須人在辦公桌前就能發號指令，這是她當年還在當文編即習得的高效率，像渦輪吸塵器般，一旦運轉起來就停不下來。「你就寫說，故事大致上讀過了。不對，說看到三分之一左右。『你的文筆非常洗鍊，與新世代的其他作家相比，展現出少有的沉穩』」。

「這是在說他老派的意思嗎？」實習生低聲說。說起來，總編其實還滿喜歡這實習生。創作者必須具備敏銳度，不能只是趕流行，世界就像繭，千絲萬縷糾結在一起。她說不定才是應該被力捧，當作明年度的出版社力推的新人。

「難道不是嗎？」總編笑起來上唇微微掀起，看起來莫名地輕蔑，明明已經過了嬌滴俏麗的年紀，但她打薄的赫本頭，隨身體動作而搖晃。每年總會有好幾個這種搞不清狀況的傢伙冒出來，得了幾個半大不小的文學獎，接著以為自己是作家似的，到處投稿雜誌和報紙副刊。拜託，每年度全國少說有兩百多個全國、地方型文學獎、新人獎，每個都來亂那還得了？

女總編的 iPhone 聯絡人清單，僅留基本需要的作者，不拖稿不會盧稿費的最好。其餘的只能當填咖來用。

「然後，你回說我下禮拜出國，回國後再與他聯絡」。誰都知道，那就是不用再聯絡的意思。

「對了另外想請問總編，剛剛ㄓ先生來信，問到今年報名『菁莪獎』的事情，請問我該怎麼回覆他？」實習生所說的ㄓ先生，是總編入主《華夏月刊》後才終於從其他出版社挖角過來，花了幾年力捧的中生代作家，剃了個霸氣的小平頭，身材不算高卻肩膀寬闊，看上去一點不像文弱作家或上班族，反倒有點日本情色工業AV男優體格。

說起來，ㄓ的前幾本小說還算有頗有話題性，聚焦描繪眷村題材，搭配南腔北調交混的華麗魔幻語言，頗受到評論界的重視。但這幾年已經差不多了，倒轉沙漏魔術，遍地灑出了金沙銀粉，像神話裡預借五彩玉石補天的故事，才華幾乎耗盡了。其實總編初開始根本懶得報名了，想也知道獲獎機會渺茫。

加上今年評審的名單已經公佈了——其中一個資深女散文家，過去以寫環保主題聞名，晚年還做了本土派政黨的不分區立委，這一票大概不太可能投下去的；另外是一個近來竄紅的、和ㄓ差不多同時期出道的小說家，同輩作家投票的機率，大概小於百分之零點零零幾再四捨五入；至於第三個年紀頗大的老詩人，這幾年專投給女作家自我敢曝與意淫類型的作品，尤其偏好其中性愛或官能場面……

「你記得提醒我回電話給他，說如果得獎了我們把他前幾本庫存拿出來，作特陳、作網路特價。」

微乎其微啊。但女總編忖思的是ㄓ應允替雜誌寫的中篇小說。還要分上下集，以兩期篇幅刊載，版面已經預留下來了。「說起來，ㄓ省了我們不少的麻煩啊」，幾個與ㄓ同世代的作家，有得國外書展的文學獎了，也有拿國家文藝獎章了的，就剩下他似乎還是把在這種等級的雜誌發表作品，看得矜矜慎重。

「文壇B咖還是比較好用。」總編不確定僅是在心裡想，還是已經說了出來。

・

女孩不斷地抽衛生紙，然後像在詛咒什麼似的用力吸吮著鼻頭。明明已經來台北上班快半年了，身體對於這種陰冷潮濕的氣候仍然難以適應。來台北半年，進《華夏月刊》雜誌社當實習生也已經滿五個月了。這是她大學畢業後的第一份工作，當然是出於對出版界的嚮往，彷彿書封銅版紙上燙金貼銀的星星圖案。

對中文系畢業沒跟風潮讀研究所的她來說，這份工作彌足珍貴。她如愛撫般輕輕整了一下掛在胸前結合悠遊卡功能的識別證，《華夏月刊》幾個凹凸玲瓏的魏碑字體，閃閃熠熠。

今天下午「菁莪獎」才剛剛公佈，這是由文化區邀請評審，選出年度十大好書的全國性獎項。雖然說從幾百本文學著作裡挑十本出來，看起來萬中選一，但其實那些剛出道的、小牌阿沙布魯等級的作家壓根沒資格入圍決選。

ㄓ雖然沒能得到正獎，但進入了最後入圍決選名單。這其實讓她和編輯部所有同仁都很驚訝。ㄓ這次入圍決審的小說《博物志》，延續他多年關注外省的族群議題，以及語言混雜的實驗性書寫，她自己讀下來，是覺得整個架構沒什麼太大缺失，但實在平淡乏味，在關鍵處的轉折與衝突設定也頗為老派。

總編讓她去和ㄓ恭喜，討論接下來相關宣傳，但她實在提不起勁。還是傳個臉書訊息稍微恭喜一下就解決了吧。

「我不知道像ㄓ每次交出這種作品，還能入圍是什麼狀況？」

「哈哈，反正評審可能也沒看過ㄓ的小說就投票了吧。」

女孩開著另外的視窗，一面回應著同事們窸窣輕佻的訕笑，一面望著女總編的透明大玻璃門辦公室。他們的出版社位於大樓的十三樓，底下就是火樹銀花的熙攘都會區。不知道坐在總編輯的位置，看穿爿爿玻璃窗，望著車潮街景，是什麼樣的景象。

就在按下輸入鍵的同時，女孩才驚覺，她將剛剛調侃ㄓ入圍菁莪獎的回訊，誤送到了作家ㄓ的臉書去了。

訊息的右邊亮起「已讀」的藍色圈圈，看來ㄓ也一直在等著出版社通知，但沒想到會是這樣誤遞而來的訊息。完了，一切都太遲了。

座位上的內線分機響了起來，那枚螢綠色的光鍵在黑暗中格外耀眼。這次出版社實習之旅大概得提早結束了，女孩想。其實回老家附近找工作也好，爸媽早就跟她說不要隻身留在台北上班，食宿開銷都不敷不合算。

同時，她還想到另一件事——這次約好請出幫忙寫的那上下兩集小說專欄，大概非得開天窗了。

·

你接到總編輯親自打的電話一瞬，掌心手汗幾乎要把折疊掀蓋的舊款智障型手機給握濕了。總編說之前你投稿的第二篇小說〈西西弗斯的願望〉，要分上下兩期連載在《華夏月刊》上，只不過他們需要你多寄一份修改後的原稿過去。這是對新人而言前所未有的關照與矚目啊。

你强抑住高亢的情緒，以刻意壓低的穩重聲線告訴總編，希望這兩期的封面能配合小說的情節，以黑冷色調為構圖。只不過她似乎表示，目前封面圖樣已接近完成，實在趕不及修改了。

「那麼這一次就算了，下次記得提早跟我聯繫。」你上個月鐵了秤坨、決絕把原本的工作辭掉了。那個白目組長竟然只因為一個微小的行距錯誤，就對著你這麼一個未來的文學史典律作家破口大罵。要是繼續做這種鳥工作，做到老死自己恐怕再寫不出一篇好文章了。你慶幸自己做了精確判斷。

公車途經高架橋，一抬頭若神啓般矗立的廣告看板裡——蔡依林身著寶藍色運動勁裝，蜷曲著纖細美腿，大眼睛閃爍著襲襲靈光。「不放棄，我一定做得到」，招牌上寫著這幾個大字。本來就是嘛，早知道自己就是當作家的料，你悄悄聲對自己說。

文學獎劍客

你初識ㄉ的大名，是在某次小型文學獎的頒獎典禮，那時你開始學寫作幾年，終於有機會得了個佳作。同列同席，圍坐有如艾美獎圓桌領獎席的，盡是些青春無以逼視之花樣少年少女，你在寫作旅次起步甚晚，就像分明已衝上斜坡才想起要打入低速檔的破爛手排車，整台車艙都劇烈抖動那般吃力。

你視線逡巡過全幅會場，老半天只看到舞台前端的首獎優勝群，裡頭一白髮蒼蒼老嫗，與你似的張致生澀，她的跟前就寫了ㄉ的名字。

你心想這還行，還是有年齡比你更大的獲獎者。文學畢竟是終生耕耘之事業，什麼同溫層取暖也不盡然是這回事。

沒想到上台領獎致詞，那白髮老嫗才直說是替兒子領首獎，因此也沒什麼要致詞，就這麼倉皇下了講台。你們佳作組這沒有安排時間致詞，魚貫領了獎狀，喇叭裡聲量大到幾乎爆音的領獎歌聽得生膩生厭了，七八個佳作獲獎者還沒頒完。

・

時隔經年，你有幸還身留所謂文壇或貴圈，苟延殘喘，像大富翁遊戲裡靠著一兩棟渡假飯店租賃收過路費那般，進三格退一格。偶爾接些文學雜誌的外稿，採訪稿，更常見的就是命題作文，母親節寫老媽七夕節寫戀人，甚至是什麼我的志願夢想，我的寫作經歷，我的貓狗寵物或日常地景。

終於輪到你這樣填咖等級的去某個地方型文學獎當評審，你聽其他評委八卦，才知道ㄉ這號你只聞其名不確其人的傢伙，竟仍然在文學獎界走跳。不是文壇不是貴圈，而是文學獎界，照他們的說法，ㄉ每年無論大小獎項，總能狂撈猛洗被他得上幾個。說好聽些是獎金獵人，難聽的獎棍獎咖都不意外。

評委們一致推崇ㄉ的文字與意象經營，對結構的掌握度，對題材的敏銳度。就像當年英格蘭隊長貝克漢射的角球，如果有所謂教材教法，那ㄉ的文學獎作品無疑就是教科書。更傳奇的是當評審們注意到ㄉ此號人物的存在時，他又能改易風格，置換主題，空際轉身使用決計想不到的技術，與徵文主題結合，架構出一篇離開文學獎根本難以卒讀，卻又不能不授予其獎金的佳作。

這太扯了，評審畢了你決定開始鑽研ㄉ其人其事，當成研究對象，當成真正的論述。這才發現ㄉ之傳奇何止於此。

你遍索資料庫也查不到ㄉ本人的照片或更多的資訊。個人簡介總是一兩行，宛若初次投稿校刊的菜鳥新生。再一索查才發現ㄉ婉拒各種訪談、對談、講座、電視或廣播節目，也從不接受文學雜誌或報刊約稿，他的收入完全來自於文學獎的獎金，由於近幾年地區或小型文學獎的浮支濫報，ㄉ絕對有足夠收入以自給維生。但這到底是怎麼回事？

你心目中獲得文學獎只是第一步，猶如偉大航道或舉業的敲門磚，從而接寫專欄，約稿，集結出書，培養讀者。但ㄉ的志業恐怕不是文學，或不僅是文學。而是純粹的文學獎。ㄉ就像專門獲得文學獎的公務員，穩妥妥地輸出作品，不在其他地方發表自賞孤芳，不用以賺取一字多少元的稿費。ㄉ的每字都是獎金，都是他出勤公務的酬勞所得。

更進一步來說，ㄉ這樣行為的存在，本身似乎就揶揄而反諷了所謂的文學獎。文學的競賽最終淪為一種單一美學的標準件，只要按表按流程按標準作業程序，輸出一件正確無誤每個按鈕每次生產鐵履帶都卡榫吻合的產品，那就對了就是它了。

於是你再回想那幾年屢屢投稿總蒙揁龜，恨不得闖進決審會議密室，揪起那群傢伙衣領問個究竟的苦逼時光。瞇起眼睛望過光瀑，那時的ㄉ早就已經榜上有名了啊。你回想初次收到文學獎的扣繳憑單上，那筆前頭標注的「競技競賽與機會中獎」的項目，對ㄉ來說壓根不是那麼一回事啊。

就像成名多年的江湖前輩，一出手就是一套嚴縫密接、已臻化境的劍訣，但卻成天與江湖小輩廝殺，讓他們魂斷江南或夢殞塞外，根本進不了犯不著中原一步。ㄉ無疑是文學獎的專任編制內人員，也唯有對文學獎體制切膚體會到難以思議的高度，才能這樣穩定輸出獲獎的作品。這依舊是一場虐殺的競技，但對ㄉ來說，完全沒了所謂機會湊泊的成份。

你那篇以〈論ㄉ的文學獎作品以其文學場域意義〉為題的小論文，斷斷絆絆，始終沒有完成。終於你再不投稿文學獎了。就像一群勁搞搞遊興未歇的孩童玩著紅綠燈大風吹，某天遊戲規則忽然被破壞被覆寫那樣掃興。

•

在這篇記敘文中，你並沒有刻意經營，但故事最後的高潮似乎陰錯陽差地有些符合文學獎的公式。在某個場合與意外的機緣，你終於遇到ㄉ本人。但卻不像小說那般，來一場珍瓏棋局的漫天對弈。你終究沒勇氣去攀談，問清楚到底ㄉ心底的文學獎是什麼模樣。

在那個梅雨季的午後，你就這麼遠遠怔望著ㄉ的背影遠行，接著恍然驚覺——ㄉ似乎就像一個武俠小說裡經常出現的邪劍客，頭戴扁笠、面纏繃條，不發一語端坐在客棧中央，動也不動。一轉瞬，就是手起刀落，刀頭劍尖滴定滑落鮮血。「我只為錢殺人」，邪劍客這麼說。聲音分明不大，但深厚內力讓在場每個武林同道都聽得一清二楚。

終於邪劍客掀掉了斗笠，露出的外表五官一如常人平凡無奇，那種內力高手一身練橫到淋漓極致，眼瞳暴出，太陽穴突出的特徵，他絲毫也無。這就是小說裡最後高潮會出現的，真正的高手。就是故事開頭說什麼自己只為錢殺人，卻默默將正義藏在心中，直到作品最後的高潮，不算酬勞不計榮辱，挺身對抗滿嘴仁義道德的名門正派。

也就在此刻你終於體貼了——去問ㄉ如何叱吒文學獎界多年，或統計他固定獎金收入，結根刨柢去詰問ㄉ到底是真的單純為著獎金，抑或以本身的行為作為行動藝術，要拆解文學獎、得獎這荒謬之體制……都顯太多餘了。

什麼是正義，什麼是正邪。什麼是文學獎、什麼又是文學……這對走跳江湖那麼多年的劍客來說，也沒什麼要緊的吧。

指南記雨

負笈北上讀研究所的學生在臉書說，他到了政大才真能體貼得蘇打綠在〈小情歌〉裡，副歌朗朗清亮的那句歌詞——「就算大雨讓這座城市傾倒／我會給你懷抱」。北部山區外掛迎風面，注定的，每年必得超過兩百天雨日，淅淅瀝瀝，濕濕黏黏。

你記憶中的指南山城當然偶也有無懈湛藍的透明晴空，但更多虎虎生濛灰的是陰鬱與煙塵。有時往往才消一轉瞬，亮敞敞的天空就漠漠昏黑，接著是無盡無聲的綿密雨水，由微轉劇的雨，毫無救贖一般。雨珠以參差錯落的節奏敲擊窗台，狠摔在壓克力遮雨棚上，彈出練習曲般的鏗鏘節奏。

在你還分不清雨勢到底轉小或停歇的暫態，它又會再度轉大，就這麼連續個好幾天。即便途中稍歇數鐘頭，積殘的水珠依舊稀落滑落雨棚，空氣、氛圍、光影都幾乎要折射出斑斑綠霉。

初來政大的同窗有一定比率都罹染蕁麻疹、溼疹這類潮濕病，至於抑鬱憂患等身心科官能惡疾，不知圓餅圖裡有百分之幾得歸咎於此。

若梳理文獻，摹寫這座山城雨勢的文章太多了。大概陰沉天光令人致鬱，政大向來出產黏膩、孱柔且頹廢感的文藝青年，直承鴛鴦蝴蝶派，橫向移植太宰治、安部公房一類系譜。而每晚滴滴抽抽，纏綿錯落卻絲毫不曾斷絕的落雨聲，肯定也帶給這些來自南方、慣見於炎炎金陽的溫潤少年少女——無限的陌生與荒涼感懷。

直到你離城索居，來到了位於中部的城市，這才驚覺雨日之稀疏，才詫異動輒一週未歇的雨勢是多麼離奇光怪。

你對政大另一個印象就是盜竊雨傘的慣犯行跡，到後來，那幾乎淪為支援前線那種遊戲。

說起來木柵雨季既無下限，傘具理當是出門必備，但不知何故，無論圖書館、系館或計算機中心，幾十分鐘數小時的暫別，驀然回首驚鴻一瞅傘筒，就是找不著剛剛拎來撐著的那把傘。一開始你多半悲怨沮喪，切心傷感就蒙著頭衝進澀撲撲大雨中，只差沒手刀狂奔哭喊大笨蛋、向電影《那些年》裡的柯景騰致敬。

再後來你終於懂了，這遊戲不該是這麼玩。好像是某個盛夏午後，你和學伴ㄆ走出圖書館階梯，才發現室外滂沱大雨。白皙的雷電閃滅，由遠至近，仿若讓一切精怪魑魅無所遁形般的熾亮。

無巧莫名，ㄆ又遍尋不著剛剛入館時插進傘筒的自動傘，雨珠濺上她白皙而年輕正綻的俏臉，她焦急卻佯裝强悍的櫻唇，抿成令人揪心的弧線。

然而，接下來她做出令你瞠目的舉動，ㄆ從隔壁傘筒隨機抽了一把、應當是和她剛剛失竊概算等值的自動傘，輕巧巧地甩動傘面。幾點小水珠散在她那件天空藍的水玉細肩帶洋裝上，她一副渾然無感未覺。

「沒關係，我就拿這一把就好了」你不知「沒關係」是指她的傘被竊，或對她竊取別人傘的這件事而言。總之ㄆ伸出她纖細粉嫩的指尖，流暢按下自動鈕，恍若無旁人撐開傘，絲毫無愧疚無倉皇，宛如大自然——好像那把偷來的傘原本就屬於她。路人絲毫不曾起疑（說起來路人壓根啥也不知道），你也沒勸阻沒附和，就默默推開你自己那把破爛折疊傘，跟著ㄆ迤邐步下中正圖書館的雪白長階。大廳中央、以坐姿面容慈祥的蔣公銅像已經被你們拋到很遠的身後。

就在那瞬，你似乎也察覺到些許因成長而脹滿的悶痛，一整個傍晚的雨季那樣漫長。終而有一天你們可能會將銅像下「永懷校長」幾個字括除重寫那樣地，就此長大。

像要將淚水一次流乾那樣傾瀉而倒的大雨中，一切靜謐無聲。即便日後再回想，你依然沒有絲毫不安或微詞——那儼然就是一齣將離奇情節搬演而成的卡夫卡默劇，較之費里尼《單車失竊記》更現代性且黑色幽默的複寫版本。

發現被盜竊了的傘，接著再竊取，這不是很像遊戲的本質嗎？當然，社會學者或許會安插上什麼破窗理論云云，但更廣義來說，雨具成了一種共產而均霑的道具。博愛又無私，在關鍵時刻遮蔽幾乎每一個人。

更荒謬卻又合理的是，你後來也發現看起來近乎犯罪卻又被默許的共產制，似乎也反映在那自由年代的男孩女孩愛情觀。麥當勞的側門（通稱「麥側」）對面垃圾攤底，即是政大素負盛名卻未曾被證實的同居街。花樣、青春且悖德的男女孩們在那貪歡恨短，在雞鳴以前、破曉以後，在街衢巷底過度了一個又一個無首尾無呼應的起承轉合。

畫蛇添足，畫餅充飢，劃地自曝。接著劈了腿的男孩或女孩轉身離開同居巷，再到另一租賃的發光房間，繼續天亮前的愛情故事，宛如作文課教過的開門見山法，毫不拖泥帶水地破題，就這麼一段接著一段鋪陳下去。

在文化人類學研究中，水的肆虐聯繫著慾望，就像創世神話中開闢太初卻又毀天滅地的那場大洪水。那麼，這一切肯定肇因於潮濕的緣故吧？「所有記憶都是潮濕的」，王家衛的《2046》一開場，就上這爿字幕卡，幽幽軟軟，那些房間，那些悄悄燃燒一瞬湮滅的愛情，都成了甬洞深處的磷磷獸骨螢光，牠們被豢養成孵夢卻也碎夢的史傳之獸。

你幾乎也還記得和學伴夊的最後一晚，她面無表情地發動機車、準備離開巷口的深夜，木柵依舊飄著綿綿夜雨，卻話巴山夜雨時，料想是再無機會了。記憶就宛如那晚柏油路旁的水窪，滲進了漏油，鍍染了微髒彩虹色，一絲一縷漫漶開來，愈緩愈悲，像咬下一角的巧克力卻粗心含進摻著錫箔紙的口感。

她依舊抿起感傷的嘴唇，線條漂亮而雋永。你回想她毫無羞恥就偷走那把傘的畫面。

她扳開自動傘開關的纖細手指，畫面在心底凋萎、結痂，殘留下角質化的硬核。她偷走的不僅是青春和隱喻而已啊。雨水終究漲溢了出來，成為時間、聲音或萬有引力，是那麼輕薄卻又厚重。

小偷。你對著她機車上隱約遠去、微小卻依舊可愛背影那麼喊著——宛如電影情節，雨落却無聲。

沙漠之花

初至學校任教的前幾年，我的研究室位於一棟四方形、中間有天井的靜謐大樓。除了若干都市傳說的怪談勾纏了這間大樓以外，我的研究室面向天井，有時傍晚下起微雨，意外陷落而滲進天井的雨珠，靜謐地飄落，順著玻璃窗滑落的水痕，像幾個形狀塌縮的象形字。而我就在這間研究室度過好些個朝雲暮雨的時光。

我在不少學者如懺情錄的論文自序中，都曾閱讀且神遊他們的研究室樣貌，或許不過是記憶的再現，但當時我總想，他們的那些偉大著作、深邃的理論、或複雜的辯證，就是在這樣溽暑苦寒、日月論思的研究室中所完成的，像馬奎斯在《百年孤寂》中描述中那只純粹手感、以黏土鉛錫捏揉出來的手工小金魚。

我們知道有一天，那些偉大學者的書齋或研究室，終將成為博物館一角的展覽，鋼筆的位置，稿紙的壓痕，藏書和舊式檯燈，都因為被陳列而靜止的一瞬，顯得華麗而虛幻了起來。從那些紀念物，約莫可以想像學者孤立在書桌前，孜孜不倦的表情。翻過一本又一本的參考文獻，徵引一則又一則的引用資料，那完全是和自己的戰鬥，如拳擊比賽中裁判敲鐘之前，說什麼也不能提前放棄的賽局。

隔著玻璃外的海風、雪景或朝露，皓首窮經，當這句成語具象化成了字面的意思，也就沒那麼唯美、那麼浪漫了。那就是真正學者的姿勢，不華麗卻何其蒼茫。

那真的是非常孤獨的景象。

和理工科大規模的團隊、計劃案，或長到難以斷句發音的貴重儀器不同，人文研究就是如此孤獨——深夜的研究室熒熒燈火，一疊疊影印的期刊和論文，電腦屏幕閃滅的游標……像巴塔耶（Georges Bataille）的理論，時間就這麼浪費了，被調換成了一行行的註腳，和論文標題下的細小蟻字。

·

我在學校偶爾接到同學訪問的來訊，說要訪問關於教職的甘苦。我總回說沒什麼特別的。真的是，乏善可陳，就如同這句話的表面意義。過去奢言說什麼抱負，什麼使命感，什麼學術或文化傳承，當它成為一份餬口職業的時候，充其量也就如此這般。

上課教學，學術研究，其餘時間就是配合系上事務，各個委員會的流程與決議，以及校內外個別種類的服務工作。閱卷，命題，審題，審稿，文學獎評審……那些瑣碎而零散的項目，就像光線折射進鑑人湖面之後散射開來，努力瞇著眼看，視覺暫留只剩瘀瘀光痕。

由於學術研究太過於精緻，往往很難說明。我所研究的是古典時期的六朝文學，一般稱此西元四到六世紀為中古時期，那是一個在絕對世襲、士族的時代，由貴族所主導並成就文學風尚的年代。他們的生活不外乎宴飲，餞別，以及詩歌。那是個看似無憂卻懷傷的年代，一個以文學遊戲為主流，卻又藉著遊戲渴望能逃逸於世界的年代。一切都看似靜好卻隨時即將毀滅，危如累卵——當這成語具象化的一瞬間，就有如燭火那樣閃滅。

所以據我所知，六朝文人很熱愛描寫「燭」這個題材，一般認為這一方面是受到佛教的影響，蠟燭有洞見之明、有智慧之光的隱喻；而另一方面，「燭」非常接近他們生存狀態。隨著強風吹拂，隨著光影明滅甚至是目光眨動，燭光是如此危懼飄渺，卻依舊灼灼燃亮著最後一瞬的微型之光。

這幾年太多新聞關於大學教職——高等教育的歪斜，升等規定的怨毒，評鑑制度的荒謬。但我覺得學術研究本身還是有意義的，我們投身時間精力，與論文與文獻以及期刊審查委員，像進入電影《奪魂鋸》那種密室，刀刀見骨、血肉淋漓，僅為了一篇作品，一則典故或一個命題，反覆爭辯，商榷，審查，再審，決審。彼此彷若在荒涼無人黯淡的房間深處，電腦螢屏面前打出空氣刀。我們理解的那一整個如蛹般隱密的宇宙，那是被放入時空甬道裡，如童話般收納一切的密密的樹洞。

那些湮滅的文化密碼，作品字行間最機巧、最隱晦的符號。那終將成為一切意義的意義。

·

相較於研究，教學時光或許是最繁瑣的一件事。初任教職之際，我半強迫地接任了一門夜間部的課。由於時段太晚，淒風苦雨，有家庭或其他外務的老師多半不願意接夜課。而同學也同樣疲憊，他們多半結束了白天班工作，好容易才姍姍就座。

我和同學像格鬥遊戲裡，互相減損對方血條的持久戰，鏖戰多時，彼此終於撐到課程結束，則那更是另外一番清冷的光景，深夜時分，校園早已燈火闌珊、萬籟俱寂，下了課返家的途中，我必經一條靜謐長街，人車初歇，橘黃街燈暈散開來，後來我在想，這個時空截面必然終是我日後斟酌或怨懟的年光。

只是當時我尚未意識到這一切，之荒謬、之高豔。夜深了，課席散了，我踱步經過校門口，看著改裝機車簇聚、辣妹流氓裝扮的同學或反過來，上火打菸的深夜裡澄澈閃亮青春，一如執拗綻開的夜櫻。我總在想，他們為什麼非得坐在教室裡，在即將離開無限透明藍色大門而走入靈光消逝時，屏氣無聲聽你無聊地誦讀著剛剛那首詩、那闋詞不可？

除了時段不佳，同學大多珍惜著難得的課程時光，而目光炯炯盯著講台上的傢伙、也就是我，沉吟再三。我初任教那時，腦海經常浮現李奧納多在電影《神鬼交鋒》（*Catch Me If You Can*），飾演的那個到處以假身份訛詐世人的騙徒，他初次說謊在於同班同學調侃他老派穿著，猶如教師，於是他真的扮起老師，嚇壞了那同學。

我是假的吧？只是裝模作樣的站上課室講台，大夥就以為我當真是一個老師了？我耗費了好幾個鐘點，好幾首默寫與解釋的空白罅隙，終於才接受這個事實。然而每每望著台下同學恍然無覺，每次提問「以上說明有沒有同學有問題」時，全班如整座森林、整片湖泊那樣寧靜與悵惘時，我仍然會自我詰問——這就是教師的意義嗎？

教師誠如同村上春樹說的，是一個猶如在沙漠上灑水的職業。但我們心底卻也還相信，總有一天沙漠會因被吸飽足夠水分，終而開出一朵嬌艷的花。

即便深惡痛絕，我卻一點不意外複製了當年的「教學現場」，反覆吟詠那些詩詞，說不出什麼更深刻的寓意。「教學現場」這也是我任教後才通悉的詞彙，宛如刑案命案現場那般。那些筆記，那些講綱，塗塗抹抹進了課程學習單。穿皮外套刺青飆仔模樣的青年，趁你謄寫板書時溜進來教室；打著腮紅熱褲與穿露趾涼鞋的台妹，用課本遮住了底下的手滑平板螢幕……

大概因為時間在，得用無聊跑過去。像英文片語，Run through。

即便研究壓力，教學負擔，加上這幾年社會動輒對教師階級的批評，但我仍然認為大學教師是一個值得而無悔的職業。除了課堂的大多數時間，我們都面對著閃著如冷光儀表板的平板電腦屏幕，默默敲擊著鍵盤，那些字行也不會如戲劇般浮現到了現實世界的水面。但我終究覺得自己是自由的，和那些文字一些，和那些章節一樣。

某次同學會，大夥提到學生時期的往事，那段不能逼視、青春旋律高亢而婉轉的鎏金時光，從而談到我留在大學任職的工作，那個同學回「未免太奸詐了吧？」他指的是我因為對青春的執著，而把時間停在大學，像那個深埋地底的時間膠囊，那個進入黑洞視界而就此坍縮、以完全另一種重力與時間運行方式度過寒暑的《星際效應》。

也確實，這對青春的緬懷太過於奸詐，因而我終究是感激的。

感激每一個繁瑣的會議，感激每一張零碎的服務證書，在某些時刻、脈絡與詮釋之內，它就會是有意義的。我們用這些節點作為青春的本質，成就了一直以為的自己的模樣。像鋪衍成為一整座星空的皇輿全覽圖。

我覺得這可能是最快樂的事。即便到了最後，沙漠仍沒能開出那一朵應許之花。但我們終究努力過了。追求一切都要有價值、有用，那是近現代工具理性下的思維。更多時候真正的價值無以量化，不像論文點數、作者序列或影響系數，如記憶，如傷感，如青春。它不能被評鑑，不能用來列入升等時的參考著作，或開一張貢獻度的量化評分表。
但它們成就了我們成為未來自己的樣子，光是這樣，多好。

孤獨而美好的

在結束了如豔陽底下奶油緩慢融化的文青時光之後，我才正式走入課室執教，即便我偶爾也書寫或投稿（還用不上「寫作」或「創作」那樣高上大、義正辭嚴的動詞），但根據自己研究專長，我開的課是古典時期第一部文學選集《昭明文選》，和第一部文學理論專著《文心雕龍》。

如今坊間的各體類的選集浩繁，教人寫作的參考守則不勝枚舉，要誇誇談什麼《文心雕龍》足以作為寫作指南，宛如以禹貢治河、以洪範察變般突梯。但除了講什麼原道徵聖，結繩衍至八卦以外，《文心雕龍》並沒有太明確提到人類開始寫作的由來與初衷。不過劉勰倒是提到自己青春時期的兩個繁華夢境——七歲時他夢到彩雲若錦，攀而採之；三十歲他夢到聖人孔子，隨著先師往南方走。於是他立志著述，成一家之言。

寫作或許必須以某種契機作為充要條件，而我想起的是國小三年級寒假過後的某個聊賴日常、午休時間，我被級任老師叫到教室外漆樹旁，那還是個身體輕盈，奔跑時光線流洩、宛如徹爾尼練習曲音階的年紀。「你這篇作文重抄一次，字寫整齊一點，要登在《安坑兒童》」，如今懷緬，《安坑兒童》大概就是鄉城國小的某本校刊，總之大人們把那篇作文給印出來了，用某種前蘋果時代的文字處理器那類、當時未見的高科技。複印紙燙燙暖暖，鉛字微微浮凸，油墨味聞起來有一股濃郁的香氣。

我並非要妄言什麼書寫的冥契力量，然而一如言靈或塔羅牌的神祕論，字與詞被輸入，被組合的瞬間，確實也有一種能量。像某個腔膛臟器內裡的卡榫，迸的一聲鎖進去咬住了。宮部美幸《英雄之書》描敘了一個世界觀——被作家所創造出來、隨即毀棄掉的故事與靈感，最後進入了世界另一面的輪之中，一群無名僧苦力般推動著裡世界運轉。那些詞彙、情節與怨毒，永久被困在那個無始劫的異托邦裡因循殘喘。

若把上述的故事轉換成《文心雕龍》的句子，可能就是「眉睫之前，舒展風雲之色；吟詠之間，吐呐珠玉之聲」，那是寫作最神祕、最難以言說的那一部份。我想自己一如其他創作者一般，就這麼寫了下來。將辭藻連綴成話語，再擴張成篇章，那些墨黑蟻字塗滿空無一物的檔案頁面。那些千百個檔案容量，運算起來甚至比不上女大學生哀居裡幾張眨巴眨巴圓亮大眼的魅惑自拍照的畫素，但來日大難，那可能是我最重要也是最後的資產了。

·

由於開設的是文學理論類課程，我仍然與立志寫作的同學討論，講動機，講規律，講時間分配。而這方面談得最肌理入微大概是村上春樹，屏除我們對作家嗑藥酗酒、夜笙歌的想像，村上的早睡早起，慢跑游泳，極自律探索內在的渾沌。寫作這件事幾乎被他變成一種晶圓廠生產裝配履帶，每個模組、每道機械手臂安裝的秒數與角度，都加以縝密計算，甚至足以控管良率和消耗資本。

此外女作家黃麗群寫過一個隱喻：寫作像在游泳池的更衣室刷地一聲讓身體暴露出來，又像在黯淡無光密室之電腦前，無聲打出的空氣刀。也確實，寫作必須把自己最黯淡最私密的那根黃金琴弦、毫不保留地敢曝出來，或更心機地技巧性走光，如演藝圈渴望走紅的小模特兒網路上流出的無碼慾照。文學史裡有太多為了寫作艱辛苦吟的作者——卡夫卡白天任職保險員，家人熟睡後的夜闌時分他才伏案寫小說；駱以軍階梯蹲跳訓練小腿肌力的方式去抄寫馬奎斯、波赫士的小說，那宛如老僧以篆刻抄經文之與萬化冥合。

就像那些個動漫經常辯證的主題：因極愛而憎惡，過去憧憬的光景成了苦痛來源，而唯有在這樣的疼、創傷與自虐中，方能抵達涅槃，模樣疲憊，張致感傷。

而我想像中的寫作，或許更趨近於一熱衷於棒球的少年，他每日放學後興搞搞拎著他那只邊緣摩擦破損、束繩幾經斷裂重編的棒球手套，到了操場無垠草地，向著前方鐵網孤獨地擲球，往復跑動。那伸展臂膀時肌肉的緊繃感，球回彈時手套傳來的振動觸感，還有白球飛過天空際時宛如飛機雲般的拋物線。

那是一種沒來由地狂熱。即便有一天眼前的少年成了職棒選手，站上洋基隊那一類世界或宇宙級別的投手丘，因受天價的簽約金規範，他非得按照運動訓練員給的菜單，重訓，跑步，為了保護手臂而節制地投球，但他仍嚮往而熱衷地投出每一球。那將成為球員卡剪影裡最雋永的剎那畫面。

因為快樂出於大自然，一如寫作也出於大自然。

・

我其生也晚，卻也沒那麼晚，文藝少年教養時期囫圇讀了些朱天文、朱天心和張大春的書，接著就是駱以軍黃錦樹董啓章陳雪等五年級作家世代，若說四年級是配載加農砲的西班牙無敵艦隊，到了駱、黃這世代之於我，那大概就是核能動力的航母僚機群。文學技藝成了癡迷幻美凍結的時空一瞬，故事橫插疊架，詞彙繁複絢爛，我來到他們回憶折光裡的碼頭，讀那些已然不在卻依舊光焰刺眼的邱妙津，袁哲生，黃國峻，後設作為後設的方法，虛構以為破除虛構的倫理。

這可能就是我們在學術書裡講的文學史動力結構，那些不在場的作家看似像用盡電池蓄力的粉紅絨毛兔，但豎起耳朵仔細聽，他們實則仍嘰嘰催動著文學發展的蒸汽機。遠方的鐘聲、汽笛與發條，成為另外一種面貌或典律被記得。

再後來我讀到與我同世代的作品了。一開始他們說七年級面目模糊，說七年級的集體臨摹無意識，世代被譬喻成一團軟爛的豬下水，接著我們開始收穫風格豔異的作家，新鄉土，後現代。緊接著是出版業寒冬，獨立出版與書店反其身風行，一如無名小站新聞台噗浪以至於臉書的代際，出版處女作再不如科舉競技，發表與流通變得何其輕易，臉書上的新書資訊以不思議的頻率與幅度刷新。博客來甚至弄出了個「即時榜」，照安迪沃荷那句名言的複寫，每本書都可以暢銷十五分鐘。於是我們有了全世界第二多的新書，搞不好比讀者還多的作者。

寫作當然無妨是一種全民運動，這或許也是古典時期對文學的認知——「暇豫之末造」，寫作是暇豫之末的消遣，是餘事，在通經致用以外的情感寄託。然而寫作仍是孤獨而艱難的，在那漆黑斗室，調度著悄悄又翼翼的神思與靈光。但無論如何，我想每一代文藝青年終究會繼續吟詠他們那些詩句，畫下散文集裡螢光的晶亮記號，羅織小說裡最繁複怪誕又難以忘懷的隱喻。在最後一張紙本書的頁碼磨光為止。

因此我總和同學說，要繼續寫下去，暫且擱置那些清冷的銷量、文學獎或稿件審查機制，千萬別忘了那個不為了什麼、仍起勁在碧綠草地上執拗丟著球的少年身影。那畫面成為視覺暫留的殘影，一如寫作本身。何其孤獨又何其美好。

紙漿之愛

據說清代劇作家李漁曾為盜版所苦，索性離開杭州至南京開書店，自印自銷；寫《二十年目睹之怪現狀》的吳趼人除了寫小說，也主持過《小說月報》、《月月小說》等小說刊物，在那個知識匱乏、文字作為最強力的溝通載體、透露著閃熠靈光的時代，「出版」是多麼惜貴、多麼具有教化並改造時代使命感的志業。

近幾年自己因緣湊泊成了編輯所謂的「作者」、認識幾個出版界師友，這才發現現代出版這行，其概念複雜機巧、其榮光閃爍到消逝，遠非我們身處界外能夠想像。

關於出版盛景不再，品項、產值，那如同「最後初吻」的大食或古羅馬帝國的撩亂神光，都已經是陳腔、是過去式。

編輯們最常討論關於銷量、博客來的排行榜。還有令作者侷促不安又難以理解的概念，「庫存」。過去我一直以字面理解——想像一座宛如紀念堂或博物館的大型倉儲，裡頭好幾台Costco的推高機，將書封箱、疊高，接著再不見天日。但意外的，那些賣不掉銷不完的書，原來不能永遠放在倉庫裡，那只是暫態。一兩年或不到，當出版社痛下決心要放棄治療時，庫存書就要被銷毀。

銷毀。實際上我全然難以想像它是怎麼在運作的？一整箱或一本本、印滿了方格字卻從沒被閱讀的書，丟進碎紙機、機械隆隆聲裡攪成了紙漿、成了再生紙；或像電影《無間道》，快艇開到海灣，將貨全給卸進海裡。

在電影《鬼域》中，李心潔演一個甫獲新人獎卻靈感枯竭的小說家，此時獨居的房間竟開始鬼影幢幢，接著她跌進了一座奇幻的幽冥世界。最後，才發現這座鬼域正是由被她所創作出來、卻又捨棄的故事片段所構成。那些被銷毀的故事陰陰森森、陰魂不散向她報復。在宮部美幸《英雄之書》和《悲歎之門》裡，所有創作過故事的「織者」，都必須進入沒有時間的「輪」成為僧侶，永遠推動著沉重「咎之大輪」，用來贖他們妄造故事（製造庫存？）之罪愆。

這簡直就是「藏諸名山」另一種複寫。到了眼下這個靈光皆無的年代，就更慘了。

沒賣出而銷毀的書，好像從來沒有存在過。這是多麼痛的領悟？我聽說不少編輯都喜歡親自去印刷廠看樣書——看白紙送進印刷機，以難以形容的高速噴射出來，上面印滿了墨黑字體。那是靈感與心血具現化的瞬間。

但我想到的是硬幣另外一面，想到身為作者，是否有機會看自己的書成了庫存，最後不得不銷毀的時刻呢？這本嘔心瀝血大作，由自己和文編、美編組成生產履帶，每個細節、每個詞句、版型或裝訂方式，都反覆斟酌的「作品」，最終成為紙漿，成為好像它本來才是的狀態。然後我想到曹丕的《典論・論文》裡讀來最反諷的段落——「文章乃經國之大業，不朽之盛事」……

就像王菲那首嗓音如氣泡蘇打的歌，「沒有什麼會永垂不朽」。

我偶爾在報紙副刊登了文章，刊出那天我自己買一份外，也會希望最好是雨天。下雨時學校週邊報紙銷量特別好，大學生會用報紙填塞球鞋、吸乾水漬。墊廚餘、包油條、刷油漆，這本來可能是惡意的笑話，但在不再執著知識的時代都無所謂了。就一瞬也好，有人看到果皮殘羹下我寫的字行，維繫著和讀者之間最後一線隱密星光。

但一本書呢？書沒法像電影預告、或主題曲的副歌。它是如此被動——就像被遺忘的時代；被淡忘就再不復存的都會傳說與妖怪。一本從來沒有被翻開的書成了庫存，它就這麼死了，汁漿無存，再沒人記得它曾經存在。

所以我總跟同學或朋友說：買本書來讀，什麼都好。那不只是與作者、與出版業間的財貨交易，更是對人類積累文明存續之執念。因為我們還願意相信那些具體化、文字化後的愛與夢想，因為我們不願意見到這這麼一座巨大的、猶如圖書館拔高書牆、名之曰「知識」整座銀河就此坍塌。

沒人來我的新書發表會

張學友有首歌名為〈她來聽我的演唱會〉，以後設敘事唱出來聽演唱會的女孩，從少女以至為熟女、桑田滄海的戀愛小歷史。但這種歌總得要出道多年、羽翼豐饒還始終屹立演藝圈的明星，才體貼出的人情轇葛。試想若一過氣歌手，粉絲早分崩離散，豈還有再開演唱會的商業效益？

但演唱會總有人參加的，就算人行道擺個喇叭唱將起來，仍會有人駐足。但新書發表會可是另一番光景。我自己辦過一兩次，深知太不容易了。除出版社的編輯、行銷到場應援之外，對作者來說很可能是一期一會，還不卯起勁，碧落黃泉大動員，從臉書約到Line，從批踢踢貼到粉絲頁，只差沒有穿白紗蓬裙、閃熠熠在門口收禮金，或派出走路工，讓那些鄉親從中南部包遊覽車上來，事後領五百的奧步。

這該怪行銷不夠力、還是讀者不給面子？恐怕二者皆非吧。無論再怎麼動員，無名作者的發表會對旁人而言，那不過是一場無關緊要的活動，親友團還能若拉保險般苦勸活拖過來，但半生熟親疏故舊實在犯不著濫費寶貴假日時光，跑來衝人氣敲邊鼓。

如果現代新書如此浩繁且轉瞬湮滅，那古典時期的作家又是如何讓自己的著作流傳至今的？其實傳統儒家信仰的士大夫，多以經世濟民為己任，用舍行藏，若不能入世為國家社稷，不得已才退而述作成一家之言。司馬遷〈報任少卿書〉說他希望《史記》這書能「藏之名山，傳之其人，通邑大都」，過去對「名山」解釋不一，一說指君王的藏書閣，又一說就是指司馬遷只願藏於私宅。但無論何者，他至少認定《史記》自然就會流傳，根本不必辦啥勞子新書發表會。

但事實證明，著作淹沒於歷史荒流中太容易了，我們大概知道「洛陽紙貴」這成語出自〈三都賦〉的作者左思，但事實上根據《晉書》：

> 及賦成，時人未之重。（左）思自以其作不謝班、張，恐以人廢言，安定皇甫謐有高譽，思造而示之。謐稱善，爲其賦序：……於是豪貴之家競相傳寫，洛陽爲之紙貴。

由於時人並沒有特別重視〈三都賦〉，於是左思找來推薦人皇甫謐為之寫序。這麼說來，左思很可能第一個掌握到找來文壇大咖，使出推薦行銷法門的作家。再後來，劉勰著名的文論鉅作《文心雕龍》之傳播，就更加神奇了。由於沒認識什麼文壇明星，他乾脆扮裝擺地攤的、宛如夜市人生般直接去堵人：

（《文心雕龍》）既成，未為時流所稱。（劉）勰自重其文，欲取定於沈約。約時貴盛，無由自達，乃負其書，候約出，干之於車前，狀若貨鬻者。約便命取讀，大重之。

雖然結果是沈約頗看重《文心雕龍》，常將之置於几案，不過這檔事還是不太禮貌，若各位想要拜託文壇知名前輩作家推薦，比起扮成賣彩券的衝去直接擋老師們的座車，最好還是先寫封 E-mail 會比較穩當妥切。

之所以說起新書發表會，緣因上個週末午後，我逛進某間金石堂，櫃台小姐突然走到新書櫃台人群面前，大聲宣傳：「本店於兩點三十分有一場新書發表會，請踴躍參加」。我一瞅錶，已經三十分好幾了，我抱持著「看看聽眾會不會比自己發表會時還少」羞赧又感傷的心態，走到店面深處的發表區，往裡頭張望。不算小的場地唯獨前排坐著一個人，生根腐朽般一動不動趴在桌上，行銷人員忙不迭測試器材，既未見作者，我也始終不敢踏入一步。像一間臨了用餐時間，卻沒有顧客上門的食攤，任誰都會猶豫吧？

整個空間宛如被開了個蟲洞般——將聲音激情溫暖與愛，全給吸到黑暗最內裡般的荒涼。

或許行銷沒法雪中送炭，只能是錦上添花。一本好書大賣了、迭掀話題了，這時才展現出行銷效果。辦的活動場場爆滿，臉書動態瘋傳洗板。但事實是每年每月何其多新書出版，活動一場接一場，週末一到這有發表會、那有座談會，這本是今年必讀，那本不買後悔，結果就是有一場荒涼而沒有作者和聽眾的新書發表會，在我們渾然無覺的時候就開始了，就結束了。比氣泡破裂還輕微的滯悶聲響，啪的一聲，像關掉全世界的藺那樣蒼白。我在想若這樣的一場活動，當自己是講者或唯一聽眾時，還能繼續進行下去嗎？或反而更該努力地、目光灼灼地望向對方。

離開書店，對面百貨公司恰巧有一場偶像劇宣傳活動。安心亞坐在迢遠的舞台正中央，兩側是排著隊準備要簽名的群眾。隊伍雖綿延卻不算太長，若來的是蔡依林或五月天，或許這邊會更擠吧？我勾譬著粉絲聚集前離開會場的動線，一剎之間好像忽爾明瞭了什麼宇宙定理似的，宛如在湛藍泳池底部翻騰起乳白色的泡沫那樣，用力地呼出一口氣。

我真正想說的是——即便參加一場爆滿活動會很嗨，很充實、可以打卡、可以與粉絲們一齊鼓掌或尖叫，但下次你若也途經一場門可羅雀的新書發表會，不妨進去坐半小時，吹吹冷氣也好。那可能才是真正意義的雪中送炭啊。

like Black
LOKYUEN
Simple Life
Simple Life
台灣媒體接待處

輯四　鄉民看熱鬧

我們生於不能輸在起跑點的年代，但發足狂奔的最後，才發現十分天注定，愛拚不會贏，我的未來就是夢。

愉快犯

你不妨試想，在某個周間午後——不一定要星期三，也未必是下午四點二十六分。你走進某個捷運站，燈箱上藍白相握的大手熠熠發光，前方是橘黃色的告示牌，你站上像商品輸送履帶的電扶梯，和人群被推著趕著向前走。

外頭是黏膩而永無止歇的梅雨，順手甩了甩雨傘，水珠散射，煩躁感像雨珠似的綿延開來。月台的紅燈閃滅，急促的導盲音響起，迎面而來的是未來感十足的鐵銀色車艙。

進入車廂，坐你正前方、穿國中制服的男孩，專注他的手機遊戲，這款遊戲你也知道，日後更隨媒體渲染，成了一款殺戮、嗜血、一不小心就養成殺人魔的怨毒程式。男孩正在解每日任務，卡關緣故，他將原本的獸族全替換掉成了精靈族，準備再次鏖戰。黃沙百戰穿金甲，不掉神卡終不還，男孩以流暢指藝滑弄著手機螢幕，四連擊、五連擊，你怔忡盯著人家手機，察覺不太禮貌，於是將頭轉了開。

車門左側是一群熱褲背心，眼妝很用心的大學女生，最靠近你的女孩握著扶桿的手，搽著粉綠間隔的指甲油。你也不好瞅向她們小鹿斑比似的美好長腿，只是每隔幾秒鐘她們會爆出超高音頻：「靠超噁的」、「不會吧」、「好賤喔」、「真的假的」……

後面博愛座的媽媽和幼幼班年紀的小孩，攤開大開的繪本，發出軟膩有如深海魚類聲納的童音。

和你平行站著的青年冷漠掛著耳機，隨音樂搖晃。上班族大叔氣力放盡，疲憊攤在天空籃椅背上閉目養神。明星學校制服的女孩拿著英文單字的卡片。ＯＬ看著平板上的韓劇，即便隔了一段距離，你還是聞到她濃烈馥郁的寶格麗香水味。

你們誰都沒有注意到車廂角落的紅衣少年，他或許將手伸進背包內，掌心滲出微微汗漬。他是否也因為梅雨季、因為急促的關門警示音、或反覆播送的廣播而煩躁著？

西門站、西門站到了，要往中正紀念堂的旅客請在本站換車。

但或許沒人發現的是，玩神魔的國中男孩上車時，雨傘不小心擦撞了紅衣少年褲腳。

大學女孩其中之一，剛拒絕了學伴的電影邀約，因為實在受不了對方酸餿的宅男話題，她立刻拿來向姊妹淘資談嘲弄。

博愛座的媽媽正慶幸著，剛剛搶座位時沒輸給排在後面的歐巴桑，不然豈不得站回亞東醫院。

大叔有個學測表現不佳、得靠指考作困獸鬥的兒子。「回去就把他手機沒收好了」，大叔心想。

「我才不要變成她們那樣咧」，明星高中女生望著那群嘰喳不停的科大姊妹淘，暗暗起誓。

而那肥香撲鼻的香水氣味，意外地令紅衣少年作嘔……

．

「鄭捷案」事發至今，串流的資訊如陽光下折射的粉塵，漫天飛舞。最良善、最安全的論述大概是——「是整個社會造成的」。但它實際上是怎麼發生？像前面那種科幻後設之揣想、所謂「惡的庸常性」（你我都推了一把？）、或蝴蝶效應，細微的翅翼歙動成了平行時空的哀樂分歧水道……

「無差別犯案」，這個外來語反覆在新聞台被引述，但你想到的卻是另一個日文術語——「愉快犯」。顧名思義，犯嫌的動機與人類文明之仇怨毫無關聯，純粹為了自娛、為了爽而犯案，像日本著名的森永案、宮崎勤案，在推理小說的世界中更是普遍。當然，這類無差別嫌犯的動機也不盡然全出於「愉快」，那種為了對抗與毀滅社會秩序機器的巨大執念，令人既無解又感傷。

但比起討論動機，想讓人驚恐的卻是後果。

你還記得以前、很早以前，還沒有詐騙集團的以前嗎？當你接起「恭喜您中獎了」的電話，那出自真心、毫不遲滯的驚呼或狂喜，它就此再也回不來了。這不是律法或刑度、被害者加害者討價還價方程式而已，可想像的，此後好一陣子，你得用過度戒心與陌生他者應對、每一瞬表情變化、肌肉顫動，都令你感到不安。

也不知道是什麼時候開始，你對著電話那頭陌生的聲音，冷冰冰回了句：「你詐騙集團吧？」

其後會怎麼樣？雖不願相信，但鐵灰色車廂就著麼開往漆黑甬洞盡頭、那不可逆的單線道。新聞中，業者談到他們販售的防狼噴霧和電擊器，這幾天業績成長了三成；武術教練或特勤人員，在電視上教你以背包、雨傘、筆電、手機這些、本來如此平和且日常的微物件，調控改裝，成了具反擊的小規模毀滅性武器……

還有那個很夯的術語——預防性羈押。就像好萊塢電影所想像的那種巨大恐怖物：變形金剛、宇宙魔方或哥吉拉……再預設它隨時面臨的失控潰堤，防患於未然。或許我們有歌聲、有擁抱、還有江子翠站外的卡片鮮花，但更多的是恐懼，鋪天蓋地、拔山毀城而來。那些武器、體術，不過就是恐懼的形象化。

才一瞬，原本發著光、華麗金屬車廂穿越天際線，足以剪進台北市觀光局的宣傳影片畫面，突梯走了調。「台北要捷運，明天會更好」，還記得交通黑暗的那幾年，城市陷入癱瘓卻充滿生機。神諭中的「明天」竟然是以那麼殘忍的方式到來嗎？

你開始擔心起來，會不會有一天，我們忘記曾有過的親切和温暖，理論書中的異化和疏離，坐實成了字面的寓意——就像電影《總舖師》的女主角，一碰上沮喪挫折就躲進房間角落、紙箱罩住頭，與外界徹底絕緣。

我們的捷運、和我們的世界，該不會就這麼變成一幢髒黃色的巨大紙箱？

這一切可逆嗎？像科幻片那樣，你再次踏進了那四點二十六分的車廂。大學女生聒噪卻聽來有些爽朗的笑聲，柔和地在空氣中迴盪；國中男孩的「神魔之塔」終於破關了，從書包抽出自修開始預習；媽媽牽著小孩起身，將博愛座讓給臨上車的老奶奶；迷途的觀光客向乘客求助，明星高中女生用流暢的英文指引；青年拔掉了耳機，接起了戀人來電的號碼，用一種你出乎意料的溫柔嗓音應答……

其實沒那麼糟，就像綿密漫漶的雨季，遲早有結束的一日。只是或許我們再也回不去那澄靜透明的晴空了，這實在很不令人愉快啊。

讓想像力掌權

村上龍小說改編的電影《69》，講述的是一九六九年全共鬥的日本左翼學潮，一群惡戲白爛的高中生響應了封鎖校園的潮流，佔領他們的高中，在校長室的桌上大便，最後在教室頂樓攤下布條，上面標語寫著「讓想像力掌權！」

這句源自巴黎學運的標語，無違和傳播到世界各地的年輕族群。這一端的蛇籠拒馬對抗那一對歪塌阻絕的課桌椅、鐵絲，區域劃清區域，世代對抗世代，堅壁清野，這些場景對近年我族而言一點不陌生。太陽花，攻佔立院政院，再到香港的佔中……

談暴民與順民，反抗或正義，專論早已珠玉在前。關於那場烽火猶在耳畔的臺北市長選舉，不少評論家都提到柯文哲市長的勝選，正在於掌握了白衫軍以來年輕世代的風向，但何以如此？

其中之一的原因出自於柯文哲自身。要說柯P代表左派或世代階級的弱勢，其實講不太通，聯考制度下的台大醫科與醫師階級就是菁英的具現化。但清末現代性以來，「棄醫」成了遂行理想與自我犧牲的轉喻，孫中山、蔣渭水、賴和……我的大學國文課正好教到魯迅在仙台醫學校的課堂上，看到日俄戰爭時，中國人被日本人斬首的幻燈片，在魯迅的日本同學齊聲呼萬歲的一瞬，他埋下棄醫從文的決定。

我的課後討論是要同學想像——如果你是魯迅，穿越蟲洞的五次元回到那堂解剖學的課，看到那畫片的轉瞬，你會跟著同學舉手呼萬歲，還是像照片裡其他中國人般冷眼旁觀？

選舉本來就不是個體選擇，而是集體意志，是一種瘋狂的熱血沸騰。你若還記得柯文哲與連勝文辯論會的末尾，有多麼振奮人心：「One City, One Family」，一齣關於淚水、汗水，夢想與感動的故事，不消幾天，年輕選民穿起燙印了「One City One Family」的潮T，取代切格瓦拉，遂行這城市家庭共同體。若非得挑點小毛病，就是這場結辯談的無關政策，而是愛、冒險與熱血，我彷彿看了半集的《火影忍者》或《海賊王》。

但自己終究被感動了，即便我們知道現實生活不是動漫，不能只憑熱血，但反過來，面臨巨大的未知與徬徨下，我們終究需要熱血，需要某個人來當魯夫或漩渦鳴人，當這個新時代的火影。

所以另外一邊的候選人在這場漫畫式的選舉中，怎麼樣都只能當反派（某程度來說，他似乎也不斷表演反派特質）。於是這場選舉就像那種熱血的運動漫畫：弱小的球隊逆轉擊敗豪門强權的故事。柯這下非贏不可了，難道你能想像《海賊王》的最終話是魯夫一船人全軍覆沒？

但選後有個新聞：有候選人認為年輕人想法是「你給我是應該」，我覺得這說法不太公平。我們這一代確實很難以記起物質匱乏的上一代，如何胼手胝足創造台灣奇蹟。但撇開人均所等與經濟成長，我們距離那錢淹腳目、四小龍、超英趕美的年代已遠了。世代剝奪，權貴世襲，超額教師、流浪博士、公職考生……鄉民把猶有夢想、有希望，還妄想出外走闖卻無奈被大環境吞噬的群體，統稱之為「魯蛇」。魯蛇除了自嘲，更多的是失落與憤怒。

我們生於不能輸在起跑點的年代，但發足狂奔的最後，才發現這竟是一場贏不了的遊戲。十分天注定，愛拚不會贏，我的未來就是夢。柯文哲獲勝的另一個原因來自他的對手恰巧是靠開外掛贏得遊戲的代言者。於是乎年輕世代如對方預言般化身成不支薪的婉君（即網軍）。這些年的憤怒與怨毒，那些年的失落與創傷，全給具象化成選舉結果，複寫成了柯文哲現象、或神話。

如果上一代還以為年輕世代處在豐衣足食，手持智慧型潮機，生活盡是美食打卡卻不知感恩的時代，那真的沒看清世代鴻溝的癥結。如果你曾廢寢忘食投入遊戲，卻發現最終玩的是破不了關的版本，這遠比一開始未曾投入還來得鮮烈沉痛。

於是乎，提供我們無限夢想與熱血，相信城市將因愛改變的柯文哲及其神話，像一張刮除而後重寫的羊皮紙，改寫了過去所謂的鐵票或基本盤。

他那些被批評天馬行空的政策，其實恰巧敲擊到新世代的礦脈肌理。我們願意相信改變的力量、無限期支持未來之夢。當然，要說這是激情、迷湯或集體無意識都可以，但這就是「想像力」。想像力或許不能當施政方針，但缺乏想像力的政府或國家就會像如今這般腐朽頹圮，如混濁泥淤的溝渠死水。

柯文哲也確實有獨具的魅力。勝選記者會最後一個問題，問他對國民黨慘敗的看法。他答：「佛家說『成住壞空』，『是非成敗轉頭空，青山依舊在，幾度夕陽紅』」，這出自羅貫中《三國演義》的卷頭詞，過去幾乎少有政治人物在狂勝狂歡的當下，還能意識到世間一切幻空的本質。在我所知的文獻中，這種虛無的感嘆，往往出現於頹唐終局——如建康遭圍城時的梁武帝，或本能寺大火中的織田信長。

但事實上無論成敗，四年或再四年，短暫時間對於宇宙光年而言不過是飄渺微塵，是恆河沙數。什麼亡國或退步，所言重矣，朝菌不知晦朔，蟪蛄不知春秋，就像柯引用的那句典出《莊子》的李商隱詩句——「不知腐鼠成滋味」。說到底，政治原本就是一門神話學，一場加冕與脫冕的魔術秀——因此，即便臉書或批踢踢大多數年輕世代歡欣未央，但我悲觀地認為，一場選舉或一個市長對整個未來與大時代的改變有限。

不過隨選舉結束，我發現鄉民終究是青春的。對媒體每日數報的造神，鄉民用更幽默的「柯P變圓仔」、「柯神」以反諷之。歷史殷鑑中造神而走向獨裁或塌縮的例子太多了，但我相信我們不會。因為鄉民真的不是網軍，他們有更快反思、反省和認錯的勇氣，選後第一天，不少人已轉向成了監督柯P的硬幣反面。

「留下什麼，然後變成怎樣的大人」，有一天年輕人將會老去，當那天臨了，我們的想像力耗盡或向現實妥協的時候，或許會幡然改悟，傷逝於「昨日當我年輕時」的青春與無悔。但至少今日當我們還熱血時，當我們還瘋狂時，當我們還能夠勾勒自己的未來、想像以後大人模樣時，當我們還趾高氣昂、還驕傲、還善感，會因為下雨而流淚時，當我們還相信神話時——讓想像力掌權吧。

就算只有一下子，也好。

大賣場冒險記

我有時會這樣想，若有一天末世到臨——無論病毒蔓衍或喪屍肆虐那種小成本電影特有的劇碼，口燥脣乾最後一個人類、違逆天命而賴以存活的場所，肯定不會是空軍一號、神盾局的緊急避難所，白宮地下足以抵禦核爆的小房間，而是一間大賣場。

其實更年輕時我不知為何有些賣場恐懼症，無論美式法式或台灣連鎖的。除了人潮氛圍與氣味，似乎是那些數大便是醜的爆量到誇張之商品讓我過敏，再加上一排排擾亂方向空間感的巨大貨架，才一踏入賣場就感到輕微的暈眩感，有如靜好行駛於瀨戶內海的高速船，分明同行旅伴都宣稱再平穩不過了，我依舊能感受那波波碎裂震盪而來的微型海浪。

後來約莫是美式賣場進駐台灣的那幾年，分明要收會費，但會員卻等比級數跳增。印象中那些年自己分明才還是學生，卻拿了張家庭副卡，裝起模樣開始藉勢藉端約妹約會。起手式大概是無端將話題帶到美式賣場，佯裝隨性隨口問起女孩要不要一起去採買，若還嫌話唬爛之力道未猶，再天花墜墜追加一些關於明星商品，牛肉捲、馬芬蛋糕、松露巧克力或芒果奶酪冰沙的品項型錄。

接著就是逛賣場約會的當天，一期一會般，為了喬扮溫柔暖男體格，預先考量到大批採購與舟車勞頓，我秉持騎士精神開出家裡的車，穩妥妥停進賣場地下室，再理所當然地從推車上將那些其實一般用不太到的，貝果，蛋糕，熟食，或特大號家庭用的物資，帥搞搞從推車上抬下來，不經意露出上臂緊繃的二頭筋肉……

·

姑且擱置這一堆往日情懷的爛招教學，無論是賣場或家具店，本質上就有一種適合戀人的氣質。試想，進了家具展示區，L型真皮豪華沙發閃閃熠熠，隔壁的躺椅、茶几、桌燈、懶骨頭，盡是家居溫暖煦煦。正對面就是書桌，書櫃，再高級一點的賣場還給我們預放上幾本只有書殼的原文書。氣質屬性點滿了，就像人文地理學的理論，最微型的家屋，同時也是最浩瀚的宇宙。我們輕易就能和逛賣場伴侶草率擘畫起未來客廳的雛型，坐對葦編的書房一隅，對開落地窗的採光客廳，午後三點的陽光，女孩年輕的臉龐仍有幾顆雀斑或青春痘……

逛完了沙發書櫃，轉身穿廊繞巷，行經幾條走道幾層貨架，各種廚具鍋組近在眼前了，無須做功課，隨口就能跟對方唬掰關於烤箱、水波爐，鑄鐵鍋，甚至關於中島式廚房的漫天大夢。然後是那組專門掛在嬰兒床上旋轉的海豚玩具，學步車，安全座椅，把手繫著彩虹緞帶的兒童腳踏車，兒童用的書桌……一座賣場何止是一座賣場而已，它簡直成了時光機任意門，成了一個社會人出生、戀愛、孕育新生命的應許之地。就像有過瀕死經驗者常說的什麼人生跑馬燈。如果央求更安全一點的體驗，不如就逛一次賣場吧。

當然，這麼說來有點詭異冥契，但我真心喜歡也耽溺一座大賣場，更仰仗它作為療癒地景，就像美國影集男孩在庭園裡的樹屋，或日本國民卡通裡大雄胖虎靜香放學後去的空地作為祕密基地，這真的難以形容。時至社群網路世代，各種人際網絡的擠壓增溫或被厭世的勇氣，就像《海綿寶寶》裡松鼠珊迪的那枚太空人面罩，水壓竄漲，悶嗆致鬱。

當然，躲房間裡啃啃完讀一本小說，塞進一座單身電影院孤獨望著巨大螢幕閃滅，午後駕車對嘴和著廣播裡的九〇年代金曲龍虎榜，更宅的可以透過實況線上遊戲廝搏，或以暴易暴上網引戰嗆聲。但我總覺得逛大賣場最實際，那是古典文論說的「物色」。

春風春鳥，秋月秋蟬，物色之動，心亦搖焉。當物華麗巨大到某個極限，我們宛如宇宙的棄嬰般在星際漂流，然後世界彷若也跟著一齊劇烈搖晃著。

·

我不確定時至今日，在眼下這各種娛樂媒介散射，電影得以三維以四維或巨幕投射的視覺淋漓的新時代，是否還有人有如此嗜好——走進一座荒涼（通常是壅塞）的賣場，推車擦踵，人潮匯聚在冷凍庫玻璃門前，一推掀開就是涼爽的冷氣。那極具壓迫感的貨架，簡直猶如雅典的巴特農神殿，旱地拔起、絕地天通，以不思議的挑高往上無限延伸。像佛道教講的求仙或淨土，垂直上升而終臻化境。

這本身太讓人驚豔讚嘆了——竟有一整座以食物，以貨品，以無盡濫費祭獻的物資，像樂高像麥塊般隨手疊層建起的資本主義巨塔。雖然它可能正是某些社會主義流派所預言的末日，但卻又是如此清新親民。

相較於百貨公司的專櫃，那些琳瑯滿目，翼翼悄悄放在加厚防搶玻璃裡的精品，動輒數萬數十萬的名錶，項鍊，墜飾，各種變石為寶的極致工藝，簡直就像拆開了一枚機械錶，戴著放大鏡往內瞧其機芯——陀飛輪、擒縱輪，緊嚴密接排列起來，稍有不慎就弄亂了，弄壞了。

相比之下，大賣場太廉價也太日常了。柴米油鹽、器皿瓢盆、拖鞋皮鞋，西裝褲運動褲甚至枕頭被褥，隨便隨手試躺試枕試穿試吃試用。無須收納無須歸位，隨時放進推車或反過來。那種亂中有序，以亂易整，或許更接近我們的日常生活。那是一種家居的自在，或詭譎感。像佛洛伊德說的「Uncanny」，恐怖的家常感。在低俗恐怖片裡常有的橋段，主人離開豪宅，告誡侍女屋底深處不得打開的祕密房間。侍女終於耐不住好奇枯槁，開了房門，這才發現那間祕密的房間裡之裝置樣貌，與她故鄉老家的房間全然相仿。

·

如果說百貨公司是陰性或主婦的，那大賣場可能更隸屬於男性（或性別不正確一點所謂的一家之主）。從橫幅加寬給休旅車專用的車位，各種沉重巨量無蠻力就無以推拉的貨箱，縱橫捭闔各式樣重機具，非改車修繕迷用不到改車或室內裝潢物品。因此，逛大賣場通常與逛街完全不同，那是真正的購物。準確的，扣除迷路外決不至於浪費的精準消費，進了對應的分隔走道，拿了商品就推去結帳櫃台。

我依稀能理解雪拚逛街的樂趣，那純粹將整個黃金而寶貴的時間，當作青春花朵那般虛擲，浪費掉，換來什麼都（不）買的一種想像力大解放。但購物有另外一種抒壓的效果，那些原本在公領域的食物，食材，替換或新購入的器具被搬入了私我空間，最後生根蒂落，而這就是一座賣場最「Uncanny」之所在。

我在大賣場經常有這樣的詭譎感。那些商品，那些需求，那些慾望。太家常了，太熟悉了，就跟自家家裡用完全一模樣。這是當然，全家就是我家，賣場就是貨源。於是乎最後真的難以區辨，究竟是我們在賣場購足了所謂一日一室之所需，或是自己壓根就將身處居所給佈置成了一座賣場的模樣？

只是在怎麼朝雲暮雨，將賣場變成一座青春或戀愛的場所地景，作為會員或採購者，終於有隨著賣場一齊衰老的時光。結了婚成了家，終於輪到我去跨過光焰湛湛的藍色大門，理所當然地邁進大賣場，將巧拼地板，冷凍肉類和家庭號餐巾紙撈進手推車。

大學生模樣的情侶檔在推車前卿卿纏纏，一群高中生姊妹淘在熟食試吃區嬉鬧，另一群開趴模樣的花樣男女，在零食啤酒的走道迴廊，來回逡巡，他們驚醒我關於後青春最後的一線逞兇鬥狠，裝腔張致。那些更年輕的會員占領了我們這座抒壓的聖地，好像也只一轉瞬的工夫，卻宛若榨乾一座枯槁盛世之井底的最後水源。

於是一座大賣場再也不是別的，真正地成了一座大賣場。也就在此時，我才驚覺，那些如光如練習曲琴鍵迅捷飛翔般的時間浪費，好像也沒那麼抒壓了的說。

如煙

可能行年長大，印象中好幾個週末，都絕了邀約與出遊，於是乎才得以於事發第一時間，就在網路上看到樂園粉塵爆炸的新聞。

第一張圖外流露出，是花樣男孩女孩，年輕身體著彩霓泳裝海灘褲，滿頭滿身鍍染了彩粉，卻意外地表情痛苦、失神疲憊癱於樂園飄飄河中，污水混濁，色調黯淡。網路鄉民還在討論水池何以周遭的是泥彩、究竟是粉塵或是血漬？就好像巴赫汀那個嘉年華的理論，前一秒大夥還放肆狂歡，一轉瞬回過神，周遭已成煉獄。接著更多的照片與影片外流，態勢往更嚴重、更無轉圜的一面發展。

我所見的臉書友除了轉貼分享醫護資訊，名單，更多提出警戒。「早就說人多的地方少去……」好像災難本身成了某種寓言或格言的現世鐘。但仔細想想，通過儀式橫渡了那段鎏金年華的你我，老生常談拿出諄諄人生經驗，在這災難過後、在雞鳴以前，煞有介事告誡年輕人——這樣不好、那樣不行，我們是不是忘了年輕到底意味著什麼？

我說的不僅是「誰沒有年輕過」的濫調，應該說青春本質就是一種失控或潰堤，身體機能處於巔峰，幾乎不會生病，不會累也不會痛，無所畏懼，輕易地就敢坐上雲霄飛車，開拓大航海，依憑直覺，毫不遲疑。任誰年輕時都做過爾後回想起來瘋狂、犯險、稍有不慎就無以挽回的童騃愚行。只是這次的代價太劇烈、太沉重，超越各種腺體與免疫系統的容傷表面積。事發後往有對「同理心」展開辯證，但我覺得這一切都有著更巨大的悲劇基源。

真正讓人心疼的是——孩子們這才發現原來人生不是手機遊戲，未若戲夢電幻反而無比真實。人生一如其隱喻的意向，是一場不可逆、再無重來機會的旅途。

然後我們才驚詫——原來日常生活易脆易碎到經不起任何一點失誤，是如此晶瑩美好，卻又是如此累卵如危。切閉上電視新聞開關，我們唯有繼續日常，因為無常距離日常那麼地近，硬幣才一翻面，就錯榫而跌入深不見底的井穴中。

所以理當能更寬容些，就如同記住走鋼索般一路來到這裡、以前自己的樣子，那樣寬容地看待他們。視覺暫留一樣，青春會永遠投影在虹膜深處。一如五月天〈如煙〉末段唱的——「有沒有那麼一首詩篇／找不到句點／青春永遠定居在我們的歲月／男孩和女孩都有吉他和舞鞋／笑忘人間苦痛只有甜美」。傷痛會痊癒，美好終而會被記得，那樣多好？

最後一幕的太平盛世

你還記得那齣電影的梗概。場景座落於香港的擁擠公屋，一家五口人，在癟狹走廊錯身，輪流等候如廁。一長鏡頭逐漸推伸、拉遠，他們僅是千百戶住民中的一隅。成千上萬的窗孔牖洞，彷彿卡夫卡、米蘭昆德拉小説中重複、單調、無稽卻又超現實的景象，隨著鏡頭的距離不斷地被拼貼、複製、孳乳。

電影中，一家之主，綽號「神童驃」的老爸在電視台工作，成天與上司為微幅調薪問題爭執。而被謔稱肥婆的老媽，對著貼滿整面牆的六合彩彩卷，精打細算著發財夢。這是八〇年代經濟恐慌前夕的香港實境秀，挾帶著紊亂、失序、錯置、每個人極其慳吝卻又亢奮莫名。而這也是由沈殿霞與董驃所主演《富貴逼人》系列電影的潛台詞。

當新聞連續播送著「肥肥」沈殿霞病逝時，飾演神童驃的董驃在前年因心臟病糖尿病等併發症而過世的消息，似乎沒那麼大篇幅。但還記得片中的幾幕——當神童驃陰錯陽差發現上司掏空公司而升遷的狂喜嘴臉，為芝麻蒜皮、蠅頭小利勁搞搞拚命⋯⋯朝向富貴，朝向金字塔頂端的扭曲社會大躍進，關於「發跡變泰」的美夢，平凡至極的小人物詠嘆調。

那是香港泡沫經濟、股市房產飛躍時的普遍心理——六百萬人口疊床架屋蟄居於如布希亞理論的擬像物（simulation），終於消融、內爆，真假難分。假作真時真亦假，整座高度資本主義、娛樂至上、地狹人稠的殖民地租界，就像變成一座幅員遼闊的迪士尼樂園。直到多年後，你真的踏入香港迪士尼，瞥見戴著米妮尼絨頭套的工作人員對你說著字正腔圓的中文時，你才發現，就是因為過去的錯位，眼前的荒腔走板才能如此各安其位。

電影最後，神童驃與肥婆的發財夢落空，失魂落魄回到從初的仄逼套房。但那張原本應當摃龜的彩票，竟中了高額獎金的樂透頭彩。誠夢邪，誠非夢邪？新聞剪輯出來兩位重量級巨星，在片中欣喜若狂相擁而泣的幾個分鏡，疲憊依然興奮，不安卻又張狂的模樣。你發現這整樁事件都像是設計好的一齣隱喻。

我們不正被期待或被迫、與美好、完整、還沒有「全球化」這個名詞的時代，硬生生地分離？那時候我們或許較當前來得稍微貧窮，也較為愚騃，但那時我們的心智尚不至於在時空中遭遇賤斥與磨損，人們還堅持，勇敢，強悍，願意為了夢想和希望努力。擠眉弄眼，或手舞足蹈，以為所有的承諾與誓言都像期貨、契約、選擇權等金融機制般，必然可轉換兌現。

《鬼馬狂想曲》的導演韋家輝在受訪時表示，他想重現七〇年代末的香港。「我記得那是一個香港人最快樂的年代」。某個演員曾說，喜劇會散場，但歡笑會被記得。但董驃和沈殿霞之死，彷彿卻象徵那輝煌而璀璨時代的終端。我們還能否肆無忌憚的嘻笑怒罵，能否在千瘡百孔、佈滿木馬程式的危城中苟延殘喘。不被孤獨、遺棄、或羞愧的逆襲所擊潰，不脆弱或無措。原本所堅信的下一輪太平盛世，是否依稀可企？你怔然卻步。

到了最後，你只記起香港知名女作家黃碧雲的《無愛紀》中，當女主角和女兒的男友發展出失倫畸戀，步出賓館時，她內心響起的澄澈獨白。「如果我流了眼淚，你知道我並不傷心。我只是不曾忘懷，也無法記起——我們生存的何其輕薄」。

愛情森林

看到網路微型之城的鄉民們，惡戲一樣問說「有沒有台灣的王家衛——蔡明亮的八卦」，我才覺得某些時代感，氛圍，電影工業錯榫卻媒合的相似性。

先別說悶不悶，或文藝青年品味等論辯，新聞播送著多年前，李康生初次以《愛情萬歲》入圍金馬獎，對手正是《重慶森林》裡飾演警察編號633的梁朝偉。要說這兩部代表作、兩位男主角、以至於兩位國際名導演的風格、敘事和運鏡，其中可資對照的、分優劣區異同的實在太多了。

那種都會寫實的豔異傳奇，破碎情節，支離對話，以及有如人造衛星漂流的寂寞星球城市裡，逡巡游動的人們，喧騰的背景畫外音，雜沓的人流長鏡頭。惆悵共慾望同演、荒涼與繁榮並存的一幕又一幕，大概是我們這種好萊塢爽片慣看了的觀衆，對王家衛和蔡明亮的第一印象。

蔡明亮電影的對白非常少，《愛情萬歲》裡楊貴媚、陳昭榮對坐麥當勞、一語不發回去楊貴媚代銷的商品房就做了。上床的無話，床下窺淫的李康生更只能無聲以對；而王家衛則是獨白多，夾雜沒來由文藝腔，《重慶森林》裡金城武無端對著便利店員和過期肉醬罐頭的漫罵，梁朝偉對著稀薄肥皂、濕溽毛巾的自我投射，都表述了我們身處擬像之城、那進退趑趄的實境。

我們生存的方式就像一塊不斷刷洗而變薄的肥皂，最後隨手滑落而匿跡在蒼白的磁磚裡，再也拾不起來了。

《愛情萬歲》裡最受稱頌者，莫過於蔡明亮最後獨具匠心的長鏡頭，楊貴媚途經尚在施工階段，到處花殘樹萎、廢墟般大安森林公園，坐著長椅上哭著起來，從開始的哽咽到最後的痛哭，一刀未剪、再沒多餘的運鏡。相對於這樣的長鏡頭，為王家衛則對近距離對焦或手持攝影機的晃動感情有獨鍾，《重慶森林》裡在尖沙咀王菲和梁朝偉人群熙攘裡錯身、金城武在半山電梯狂奔嘶吼的斷面，而今看來仍足具動態感、像一整座城市晃走著那樣的迷離失焦。

沒有名字或沒有對白的角色，沒來由的悲喜愛慾，不明的停格與意味深長的景深，還有宛如村上春樹小説裡的隨機的邂逅，唐突的交媾，永無止盡的深夜以及通往冷酷異境的冒險。就像按下錄音鍵的一瞬，不知道該説什麼好，最後只錄到一長串嘰呀呀的背景雜音。

不用搬演都會摩登或現代主義理論，你若仔細看的話也能懂的——因為這正是我們真實人生的側寫。

電影滿足觀衆某種補償心理，所以我們需要超級英雄百死千劫，但有時我們也需要文藝片裡的感傷與曲衷，它替我們把真實生活將遭遇的寂寞與荒涼，預先演過一次了。有天領悟了周身經歷正是電影裡其中一幕時，我們也終於看懂了那部原本很悶的電影、和它透過膠卷與光痕摺疊起來的小小祕密。

聶隱娘及其後

侯孝賢執導的《刺客聶隱娘》在坎城影展大放異彩，而台灣觀衆也開始追風熱議。因為我科系背景，周遭不甚了解傳奇脈絡的朋友也向我問起這故事始末。此外，那一陣子的臉書動態還倒多了不少文章，從修辭、意境或故事肌理，絲絲細讀〈聶隱娘〉這篇一千七百字左右的唐傳奇。

編劇團隊對於唐代文化的理解以及文本的再詮釋，那是藝術的創造性轉化，但純粹就〈聶隱娘〉與唐傳奇在古典小説發展史來説，我認為實在稱不上什麼深刻意涵，若強加附會未免有些荒謬。

〈聶隱娘〉出自晚唐裴鉶的《傳奇》一書，這本書如今已散佚，其中如〈崑崙奴〉和〈聶隱娘〉等故事，見於《太平廣記》。「傳奇」這個詞原本是「非奇不傳」之意，爾後我們將唐代志怪故事稱之為「唐傳奇」，有別於明清的傳奇（指其時的戲曲），即典出裴鉶此書書名。我看一些媒體說〈聶隱娘〉故事「出自唐傳奇」，那是語焉不詳、倒果為因。

〈聶隱娘〉故事發生於晚唐藩鎮割據時期，一般研究大概認為這則故事除了探討女性地位，還包含當時盛行的道術、劍俠等背景知識。從中國小說發展史來說，六朝志怪的主題以宣揚佛道教義理與報應，至唐傳奇才發展出類型性，如劍客俠義或才子佳人的主題，這也替接下來後宋代的講唱文學預作了準備。宋代開始才有撥刀趕棒、發跡變泰等類型的話本誕生，於是乎造就了更後來三言二拍、四大小說等經典。

而從題材誕生的動機來說，志怪與傳奇的寫作來自文人所需的「談資」——即當時聊天抬槓的素材。因此這些故事一方面敘述平淡，稱不上什麼戲劇張力；另一方面受限於單調類型，實在只能算作小說的濫觴，宋代評論家洪邁說唐傳奇「小小事情，凄惋欲絕」，那些故事充其量是一微型的斷面，硬要是從中誇誇談出什麼遠大奧義，那也著實難為。

不過說起裴鉶《傳奇》改編成電影的話題，侯孝賢其實並非第一人。《傳奇》中另一個故事〈崑崙奴〉，是在講書生崔生與歌妓紅綃相戀，然而紅綃卻被大員搶虜至「一品宅」（臺北豪宅一品苑大概典出於此），有賴崔生一老僕崑崙奴「善走」，能飛簷走壁，替崔生救出紅綃。崑崙指印度、南洋一帶，崑崙奴在當時就是黑奴之意，或許可以當作考察古典時期外籍幫傭的黑歷史。

若我們跟上當年自《臥虎藏龍》後的華語電影熱潮，對照脈絡，就知道陳凱歌有一部《無極》，即改編自〈崑崙奴〉，劇中張東健演崑崙奴，張柏芝演歌妓，不過張柏芝的演技主要表現風騷情挑的一面，沒著重於原著紅綃的情深意重，而才子佳人裡的書生卻道誰演？說來諷刺，就是張柏芝那位緣緣的前夫謝霆鋒。兩人日後糾葛 說來與電影無關，但電影學所說的欲望與補償，最後卻投影出了幕前幕後的戲夢人生。

陳凱歌這齣《無極》改編上映後，得當時網友觀眾的負評如潮，與《刺客聶隱娘》眼下的聲勢直是天壤。不過我也很擔心這種風潮會不會是曇花乍現，過去我們都見證侯導代表作、如《戀戀風塵》與《悲情城市》裡的長鏡頭與超級寫實主義。那些年華語電影熱，我都還願意掏錢進戲院捧場。但不過才幾年的事，從《海角七號》、《那些年，我們一起追的女孩》到《大尾鱸鰻》，一轉瞬，國片熱好像就已經燃光殆盡，像一切即滅尚有餘溫的聚光燈。

回到傳奇本身。新聞說侯導學生時期讀了傳奇〈聶隱娘〉，難以忘懷，醞釀多年直到現在，有了〈刺客聶隱娘〉。我想藝術家之於作品，或許有種靈光的冥合，方得以後出轉精，而這可能才是所謂「文創」的內核，那些文化底蘊會服服熨貼進我們的生命經驗內裡，不一定會變成旅館、書店或園區，而更像一整片作為背景、卻始終熠熠的浩瀚星圖。

解碼器

系上同學辦營隊，主題設定為情慾與性，貌似做好要顛覆風氣之先，從暗黑童話的隱喻談起，然後按摩棒，手電筒，跳蛋到捆綁與繩縛。只是總覺得在這個有碼無碼隨選隨看的世代，所謂的性，情慾流動，迷片或早餐店，未免太草率太庸俗了。像法國新浪潮那類電影，露點過於理所當然，慾望的成份被剝離了大部分，也少了情色的流明度。

而就像作家陳栢青〈九〇年代初萌芽的我們的性〉文章所述，你記憶中那個年代的性與慾望，都伴隨一種緩慢、煽情而微弱的粉紅氣泡，氤氳渲散開來——那還是一個得佔用電話線，撥接上網、以那種宛如電子人偶彼此溝通的數據機頻道，發出而今九年級難以想像的電子音。你們耗費周章終於打開了「十八歲以上方得以進入頁面」，一不小心又中了毒，螢屏跑出亂碼字元命令。

至於電視則是另外一齣荒謬劇。除了偷倒帶重播大人塞在錄放影機的錄影帶之外，就是鎖碼頻道，彩虹，星穎，新東寶。高中時隔壁班的光頭秀出一枚從他家汰換舊電視背後扭轉下來的解碼器，一枚大電池形狀，回家後你摸索半天仍然搞不清楚操作標準程序，輸入輸出端子。只好繼續看那摩瑪格紋錯織的鎖碼台，看黑白雪花干擾，逼逼噪音的詭異頻道，想像那些將遮未遮，欲碼不碼的畫面，或看著由觀眾 Call in 的野球拳，預錄好的西洋美女隨著每次拳賽的勝負輕解羅衫，而往往臨了最末的一起手，全盤皆輸回到原點。

如果有解碼器多好，這時候你總會這麼想。

然後你們忽然就長大了，再也不用違背良心去點選「我已滿十八歲」否則就得退回到雅虎奇摩首頁的按鈕，再也沒有雜訊馬賽克干擾的畫面。毛是毛，肉是肉，但那些像風，像飛行的光線忽然就變得微弱，變得黯淡了。時間被切割被折疊，像眼科醫師對面的細隙燈，裸視望進的孔洞裡，有一整條無邊際的公路，路的盡頭就是光燄粼粼的海洋。

這太奇怪了吧。公路從清晰變模糊再變清晰。根本就不是我島慣見的景象。因為我們從來沒有這樣筆直的公路，沒有這樣遼朗無暇的海景。檢查完畢你戴上眼鏡，從假性近視成了真正的近視眼，世界隨著載玻片模糊切換成清晰，依舊是尚未解碼的。到底要多大以後你才會恍然大悟，祕密太多了，像海浪，像星空，所以世界上壓根就不存在解碼器這樣的黑科技。

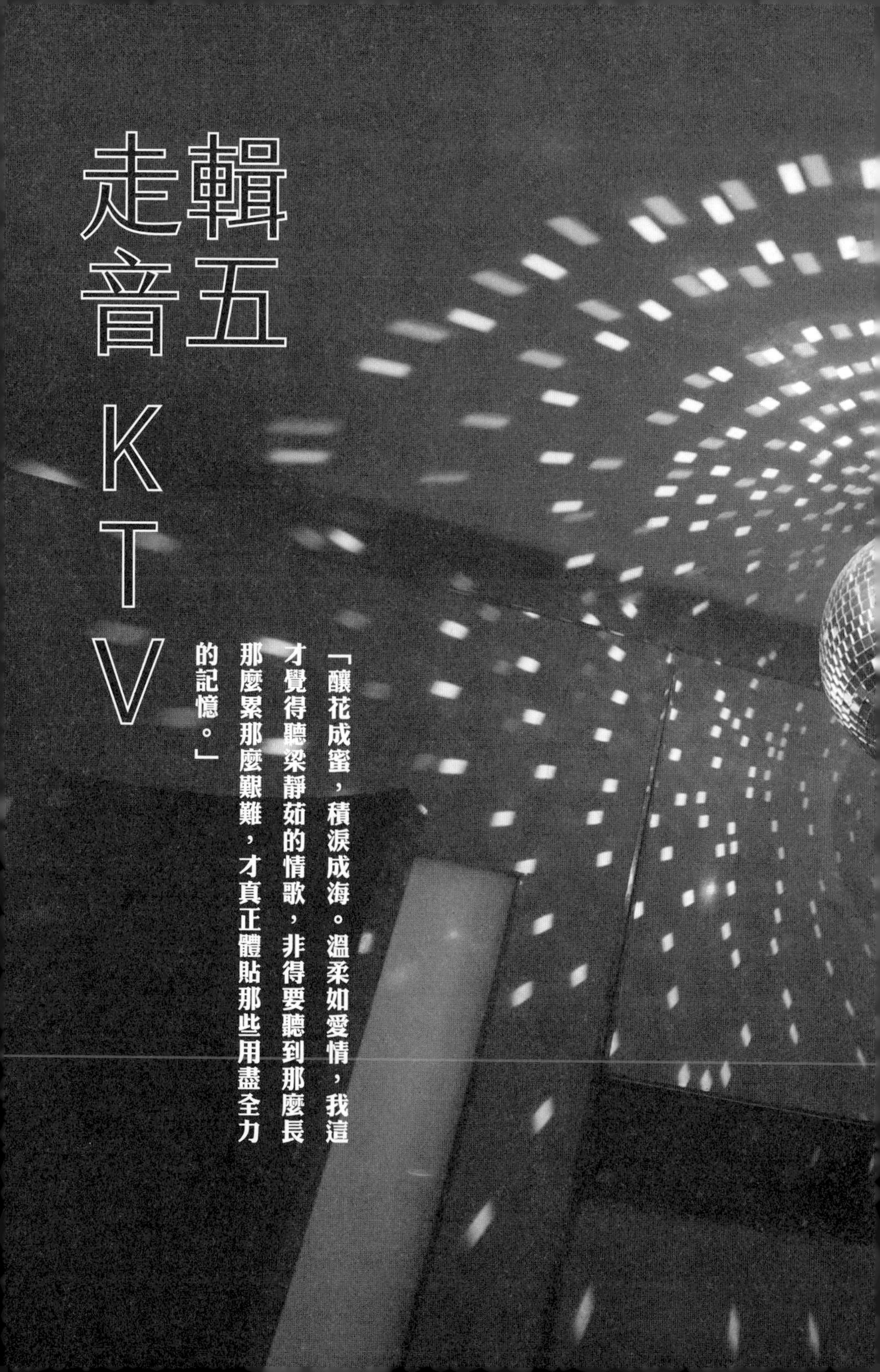

輯五 走音KTV

「釀花成蜜，積淚成海。溫柔如愛情，我這才覺得聽梁靜茹的情歌，非得要聽到那麼長那麼累那麼艱難，才真正體貼那些用盡全力的記憶。」

妙妙妙

事情發生地太突然我還不能詳細說出整個經過
以前都是聽別人說我想天啊什麼時候會輪到我

我在散文集《偏安臺北》裡，悄悄藏了一篇題名曰〈我愛周杰倫〉，集結出版後就這篇最迴響熱烈，周遭朋友驚詫：「什麼，你喜歡周杰倫？」「這算是在告白嗎？」但我總覺得後千禧年流行樂壇，周杰倫無論如何都是指標，那含混不清，咬字聲線皆黏膩，被戲稱之為含滷蛋的唱腔，一朝暴得大名、巷聞街知。你們鬧嚷嚷擠進了錢櫃小包廂，開啟電腦歌單，才沒消幾分鐘，歡騰價響的「快使用雙截棍」嘶吼，伴隨重低音喇叭震盪開來。

貌似才眉睫轉瞬的事，周杰倫旋風其後，所有的歌都成了老歌，旋律還在延續，記憶卻不再如往昔。

根本不必要援引什麼術語繁複，或音譯語脈皆不流暢通順、軟爛有如一灘慘白豬下水的西方理論，我們都知道每段青春時光都會有一首內建預設好了的主打歌，從我九零年代的音樂愛情故事到而今的滾石愛情故事。即便法蘭克福學派認為流行音樂是一種重複再重複的社會水泥，但這面混摻了乳膠漆的水泥牆再怎麼僵硬蒼白，它終究伴隨我們度過那些欲說還休、為賦新詞的慘綠年少節點，自己的戀愛故事，歡快創傷或疼痛，都輕易能帶入哪首歌，運算成一道數學課從來不會解的因式分解習題。胡彥斌那首〈男人KTV〉不就云乎：「『我和你吻別在無人的街／張學友唱出我的情節』」。

但若披沙揀金，回去錢櫃好樂迪、或當時還沒有的星聚點，開出那本我的九零年代專屬歌單，前周杰倫世代，緬懷而傷逝的歌手太多了、幾難勝數——許志安，陳曉東，陳慧琳，蘇慧倫……什麼小虎隊草猛那是更早更迢遠的天寶舊事了。

熱戀的情歌，失戀的情歌，在梁靜茹還沒有發行「可惜不是你／陪我到最後／曾一起走卻走失那路口」專輯之前，我們唱的可是許美靜「沒有你的世界荒蕪一片／思念靜靜蔓延」；可是張洪量莫文蔚的「不夠時間好好來愛你／早該停止風流的遊戲」，莫名緩慢的哀傷，接近無限的絕望，還有宛若將全世界漫天星火都燃燒殆盡、回歸乎荒原的絕美悲戀。在那情歌異境裡，地球伴隨著情傷宛如停止轉動，在花樣少年少女們難以想像的寒天雪地，荒蕪頹圮的場景裡，那些歌詞先幫我們預習了一遍。就像張愛玲「先看過海的圖畫，再看見海」的複寫，情歌先替我們想像了一次畸戀，然後才真正失戀。

但頭一首歌猶如第一支舞，我還是先點徐懷鈺。姑且擱置她爾後的合約爭議或家庭紛爭，徐懷鈺可能是最後一個定義下的玉女小天后。我終究會記得MV裡她穿著那年代少見的牛仔短熱褲，還未及以萌屬性定義的雙馬尾，溜著直排輪青春洋溢地蹦躍到螢光幕前，「飛起來了怎麼可能救命啊我不要／快說愛我不然我會瘋掉」。

好像也是那年，宛如搭配音樂錄影帶的流程，我陷入熱戀，春秋盛事地初次和女孩牽手，親吻，背景的夏日夜市人聲鼎沸，烤肉串章魚丸的煙霧氤氳，寶馬雕鞍，車如流水，遠方的河堤街燈熠熠閃閃，星河光塵，真像陳慧琳哪首歌詞唱的——「彷彿全世界的燦爛／都獻給熱戀的人」。

也就那一霎我才真正體貼，我們記憶時間並不是按照年份、按照線性，或其發生的時間維度或截面，而是那一眼瞬間的刺激和深刻，這就是佛家講的極樂或永恆，一念三千，萬法唯識。

如今回想，那段戀愛之流變不外乎SOP，標準作業程序，和大部分戀人雷同又純屬巧合。彼此終難跨越的差異，紛爭和傷害，暴虐和軟弱。原本温柔款款的情話與諾言，一朝過了限定番物的賞味期限，説變質就變質。我和女孩依舊臨著河堤的陰鬱霧靄，煙籠寒水月籠沙，凌晨的操場，遠方的鐘聲，還有那只跑道盡頭晃盪不已的鞦韆輪胎。她說了某個期限要你等她，我卻再無話以答。

也就是那年春天，徐懷鈺若和符節又出了新專輯，暮春時分，流感盛行，主打歌即名為〈愛像一場重感冒〉——「倒數三秒／我會開始努力把你忘掉／有時候愛情就像是一場重感冒／等燒退了就好」。失戀濾過性病毒肆虐，開始時昏天暗地，一週間不眠不食，當真以為再也好不了。當時甜心教主王心凌尚未出道，她的那首「總以為愛是全部的心跳／失去愛我們就要／一點點慢慢的死掉」也還沒替換榮登K歌排行榜，當然我和同樣年輕的戀人們很快就自癒了，自此具備了許慧欣預言的愛情抗體，終至百毒不侵。

啊哈，去吧，沒什麼了不起。此去經年，我終究常想起那些年，那些偶像歌手，還有那首雖然而今聽來不過是翻唱舞曲，但妙妙妙以至妙不可言的青春戀愛世代。徐懷鈺依舊穿著她那件花漾無敵的挖背細肩帶，穿過光曝以至於終難逼視的九零年代。

俱往矣，事情發生的太突然，周圍出現氣泡，折射彩虹般的光痕，小心翼翼，卻依舊脆弱一碰就破滅，彷彿一切都不曾存在似的。

如果有一天

我還記得自己聽過梁靜茹在台灣的第一場演唱會，就在當時似乎猶未更名或剛剛易幟的二二八公園廣場，不必安檢不收門票，寂寞又富饒的群眾就那麼佇立在草坪區，那年的台北還昇平歌舞煙花好景，繁華是甜蜜。

如今回想只記得她唱了當年第一張專輯的幾首主打歌。小女孩模樣隨著圓舞曲身姿飛旋，碎花裙豔紅的胖脹起來，接著一夜長大。

當時距離實在有些遠，以至於我沒看清楚當時緊握著麥克風、清湯掛麵、大眼睛圓亮純真、臉頰未褪嬰兒肥的黑長髮女生。只是猶記當初乍聽到那溫暖嗓音的感覺——就像甬道地底的脈脈暖流，像在寒天凍地的北陸，風雪漫飛寒域的露天風呂，溫泉從裸足掌底將血液汩汩注入全身那樣的清暢暖熱。

但翻攪記憶的漆黑海溝，我那時理當還沒經歷過歌詞寫的那些，〈一夜長大〉，〈如果有一天〉，細雨漫漫的末班車，終於沒能成家的預言，還有壓根不可能好聚好散，最後只能訴諸科技的刪除，屏蔽，封鎖。

但我一直覺得阿多諾對流行樂的社會水泥論很無理很孤寡，很不合時宜。記不住一截故事，黏不牢一段記憶，或忘不掉一個愛或不愛你的人時，我們就只能靠那些情歌，時間如琥珀白雲蒼狗，你寫給我最後一首情歌，最後一切都成了那場告別演場會。沒有眼淚，沒有小熊玩偶花束或最後的初吻來告別。我早就忘了隔壁陪著我聽演唱會的短髮女孩姓誰名啥，頂多是那個過曝暴斂如熱帶的夏夜，還有女孩白皙脖頸的汗漬，用更長的光圈或更細的載玻片來透視，時間真的像礦脈的琥珀結晶，一切都還熠熠發光。

這些年過去了，只要開長途的車，我還是會以ＡＰＰ離線預錄好梁靜茹的精選龍虎榜歌單，雖然台灣怎麼都不適合公路電影，但那綿延到山稜，到海洋，到黃沙漫捲，昨日煙塵的異境，直覺想到的只賸梁靜茹的歌。時間的鐘面指針飛騁，她成了療癒情歌天后，聽久見人心那般成為每一代的我族認同。就算比我年級小上一輪，大學生高中生模樣校服未褪的男孩女孩，走過飲料店或逛進街邊康是美，都能穩妥妥對嘴跟著哼低聲唱。

照日本藝能界的和製詞，那就是「國民天后」——家常戶喻慣見到了一個程度，那不僅止是沒技巧無轉音飆尖的芭樂歌。那是記憶，是時間，是青春，是海邊燃燒起篝火，滿天星斗但一不小心就有流星墜落的永恆場景。

於是乎每臨了錢櫃星聚點歡唱包廂裡，誰誤點輸入了號碼，跳出「可惜不是你／陪我到最後／曾一起走卻走失那路口」的副歌，又不小心正巧惹哭了誰，可是得拍肩抽面紙才能平息的往日恩餓與情懷。接著誰暖男熱女補點了〈勇氣〉，大夥忙不迭感嘆起女神蕭淑慎當年的青澀無敵，那分明童稚卻又魅誘的一夜情邀約。只要你一個眼神肯定這一切就有了意義。

過去的都過去了，嘴角揚起KTV螢幕的小小視頻。但偶像會留在螢幕裡，情歌還在延續，那些光燦燦的昨日就宛如昨昔。

於是我拉開車門坐進駕駛艙，像村上春樹《國境之南》或《尋羊冒險記》那樣的姿勢，只差不是扭開收音機而是輸出藍芽訊號與手機同步，療癒沉穩的主歌從音響緩緩響起。就像那些歌詞，一整座孤單卻防疫的城堡，緩慢又小心翼翼迴盪著的旋律。整個車廂疏離於公路之外，柏油路氤氳成幻影蜃樓，擋風玻璃外的世界像一枚透著光透出斑駁紋路的蛋殼。

釀花成蜜，積淚成海，温柔如愛情。我這才覺得聽梁靜茹的情歌，非得要聽到那麼長那麼累那麼艱難，才真正體貼那些用盡全力的記憶。如果有一天沒有梁靜茹了，我們可能花更多一點時間去愛，去傷心，或遺忘。

城裡的月光

回想那些年，好樂迪錢櫃等ＫＴＶ才剛剛風靡台北街頭，那可是還歸類為會被老師家長叮嚀、不可輕易涉足的不良場所；可是過了凌晨夜唱方酣的花樣男女孩會被警察要求掏身份證臨檢的年代。

如今再反覆界定「涉足」這個詞的解釋，也未免微妙模稜，像跨越了什麼青春之湖羅莉塔之海，縱身跨過孟浪的時間甬道永恆風景，通過儀式那般、再也度脫不過回不來了。

高中同學ㄓ老大哥似，領著我初次進去Ｋ歌包廂，怎麼蒐羅記憶以理論重構，用羊皮卷將熱蠟彌封的記憶括除重寫，那昏暗黃霧的密室，燒灼薰嗆的香菸氣味，甚至還有旋開按鈕就啓動了的、俗擱有力的轉吧七彩霓虹燈。整個房間瞬間在光影斑駁閃滅，在在難忘。

記憶像深海裡偶爾露出鱗片的怪魚，若現若隱。那應該是一場聯誼，除了我和ㄓ還有兩三個女孩，他們新簇簇女校高中制服，胸口那一條閃亮亮象徵青春正盛的年級槓，猶如煙圈氤氳，癡瘀誘惑又挑逗。

一個分明稚氣童顏，且打著超齡世故粉紅色系眼影的漂亮女生似乎會唱廣東歌，她短褲口袋翻了出來，將露出大半截纖細長腿交疊盤起，二話不說坐在點歌機前，以水晶指甲敲著螢幕，點了許美靜的〈傾城〉。

當年的許美靜唱片賣破幾百金，早已名動街衢，與以「芸式情歌」著稱的許茹芸並稱上華唱片雙天后。無誰人不知曉，但直到我初次聽那粉紅女孩唱這首歌，就被那浮光掠影的繁華之城之錯愛給迷住了。「全城為我／花光狠勁／浮華盛世作分手佈景」。那首歌國語版歌名叫〈迷亂〉，論詞析句不過就是一般的芭樂歌，但粵語版本卻空際轉身別構一體，就在許美靜和粉紅女孩錯織的幽靜聲腔中，整座包廂宛如在星際漂流，透明、靜謐又喧囂。

多年之後我才聽知道〈傾城〉的詞出自香港出自著名填詞人黃偉文手筆，據說香港樂壇填詞名家不外兩個偉文，一個是黃，另一個則是本名梁偉文的林夕。就算那些年你們都才十五六歲，時間像穿過眼科醫師細隙燈的那條公路，那道閃電或最後一匹白馬。

「紅眼睛幽幽看著這孤城／瓊樓玉宇／倒了陣形」，粉紅女孩的歌聲清澈又空靈，迴盪在那作凌晨幻美的包廂裡，就像京都清水寺參道，二年坂三年坂上的青石磚道，滂沱雨珠敲擊時的清脆聲響，空階滴到明。

轉瞬成風成星，從後視昔，會不會就在粉紅女孩認真唱著許美靜的歌時，我和ㄓ同時喜歡上了她，像村上春樹那些如今回望早已浮濫傖俗成了文藝青年經典斷代的作品。但繁華事散，想想根本沒什麼，男孩女孩有時還有另一個男孩的纏情畸戀，整座城市為成全你倆的愛情花光虎狠狠閃滅，繁華浮世都成了電腦合成的藍板佈景。

後來我去大眾還玫瑰唱片（那也是如今另一個早就消失，故壘丘墟只得在未來衛星空照圖發掘陳蹟的場所），收集齊全許美靜的每張專輯，歌詞成了日後反覆抄寫在簽名檔，在手帳的螢光色警句。後來我依舊瞇起眼睛抵禦隧道效應，努力看穿光瀑盡頭，望向坐困於煙香繚繞、燈火寂寥的包廂裡花樣男女，煞有介事地皺起眉頭，大人模樣唱著

「沒有你的世界荒蕪一片／悔恨靜靜蔓延」，預演那纏綿的愛人走到盡頭，笙歌煙花盡滅的擁擠與孤獨。

那些提早經歷的遺憾，緩慢的哀傷與早熟早慧的世故，像錯過花季先綻放的滿開。

所以我們只能用一首歌，歌手或包廂裡認真對嘴複唱的少年，去紀錄一段時光，那些歌聲，那些愛與糾纏，最後都只能在記憶懷中枯萎，像一部詩集，或上過亮面包起膠膜的勵志書封面。曾經如火的纏綿早就繁華事散了，再癡狂的風雪也終於止水的昇平歌舞，最後只能像那支視頻裡反覆點播的ＭＶ，小心翼翼守護著夢與夜晚，好似如此一來，最後那叢將熄的星星篝火，就不至於輕易地被耗盡。

掌心

經歷過KTV年代的我等同温層，除了對由某專擅長編劇情的導演操刀，在尚未有音樂錄影帶快轉功能之前，每齣必得拖檯錢，中段更停格落拍也得看完劇情的MV有些印象之外，再來就是以附魔鬧鬼著稱的、無印良品的〈掌心〉。

那些年你們和女校女孩擠進如花房温室太空艙般的包廂，聽說誰還不知道這新聞代誌，就得點播一章回。分明是首專情到至於濫情的哀歌——關於手掌心的感情線，錯織的命運紋理，和渡進劫波最玄之又玄衆妙之門般的祕密，最枝節橫生跑出了詭異畫面，號稱是廢墟的大樓，中央窗戶分明無人影無手推動，窗戶就這麼給關闔了起來，五陵無樹簡直寒氣逼襲。

而一大夥K歌之王每臨了副歌來臨之前，全給摒住呼吸，就這麼直勾勾停格，望著那已成名勝成都會傳說的MV朝聖，女孩子們花枝震顫鬼叫，一不小心就偎著她們如幼獸般陌生化的身體，柔軟如粉紅糖衣的觸感。

結果那首謠傳鬧鬼的音樂錄影帶殘影，就成了無印良品拆夥前最後的視覺暫留。歌詞應許的「在你身邊有種滿足的體驗／看你看的畫面／過著你過的時間」終究成了末世殘餘，聽說上一個這樣合音複調的男聲天團是優客李林，可惜我其生稍晚，聽了他倆拆夥前的最末一首〈朋友〉，雖然與周華健的畢業神曲撞衫同名，但誰可以划船不用槳誰又能揚帆沒有方向，這一切突梯變形，快得令人猝不及防。

更荒謬走鐘的是如今再如何將無印良品其名拿去咕狗，最後只能找到同名日系品牌，好像這組歌手從此就從網路、從維基百科給置換填充掉了，只剩那水管裡殘膹的歌單可供編寫。

即便對新世代同學說起品冠，他們還依稀對其名有所反應；說起光良也能朗朗哼唱那首旋律鏗鏘的童話或天堂。我遍索記憶的優衣庫，才想起依舊劇情感十足的拖檯錢MV裡，光良和女主角擁吻到死生驛站，芥末日般的終局，癌細胞以極其不科學的反轉錄形式增生，吻到滿臉滿鼻的斑斑血漬。

「你哭著對我說／童話裡都是騙人的（MV其實也是）」。你不可能是誰的公主和王子，在公主王子病併發症末期的前夕。

好像在比貴圈還亂的演藝圈，什麼合約糾紛什麼大頭症彼此不合有心結最終分飛拆夥，顯然太慣見太日常了，在怎麼風靡喧騰的男子女子天團，一瞬就宣佈解散，歌迷淚崩對泣，然後就打了什麼流感抗體般、再怎麼不要不要，依舊不藥痊癒。

我們後來找了很久，找遍那些美聲合音天團，像昆蟲蜂巢特有的共鳴箱，但無印良品這樣的組合終究不復在了。他們依舊在那個九〇年代的掌心，在那個醚酚般的夢境裡縈營，因不小心握得太緊了、稍有不慎就割破了手掌那樣的力道。

蒼狗白雲，最後殘像就剩下在那間包廂裡，歡騰，張狂，揮之不竭的青春能量，推推搡搡地擠壓著尖叫著。時間就這麼度過了，穿過縫隙裡的最後一匹白馬，我們終究摀住眼睛，誰也沒敢去看那扇音樂錄影帶裡，不知道被誰開啓，又被誰莫名給闔上廢墟窗戶。

最後我在想那鬧鬼窗台前的骨瓷白花盆，或許也真的是隱喻的一部分。像一座湛藍色、游泳池底白沫翻滾碎浪的具現化場景。然後我們就長大了，再不相信童話故事一起幸福快樂的結局。

很愛很愛你

幾年前劉若英結婚的消息傳出，雖可能算不上什麼影劇版大新聞，但我仍在幾個奶茶終生鐵粉的朋友臉書上，讀到悠長蔓衍的感傷紀錄。

不知道何以大家都有一種劉若英感情路坎坷多舛的印象，或許是那些情歌的折疊倒影，又或者真如電影音樂隱喻的現實人生，所以歌迷紛紛慶賀她終得「修成正果」——雖然我總覺得這成語每每說起來稍嫌拗舌，簡直將婚姻或戀愛隱喻成西天取經九九八十一難的英雄永劫回歸。

我和同年代同學對劉若英的記憶疊似。讀書那些年，她以電影《少女小漁》暴名出道，加上一首翻唱的〈很愛很愛你〉，奶茶暱稱於是街衢巷聞。遲到後來某一任女友號稱與劉若英相似度高達八成以上，雖然素人與明星相似度大ＰＫ同樣是影劇版面疊架出來的假議題好了，但我仍然陰錯陽差、認真當了幾年的劉若英鐵粉。

如今回想逝者如斯，那正是台灣女歌手風雲興替春秋繁盛的幾年，大天后小天王的，什麼療癒天后登場完轉瞬就輪到甜心教主接力，偏地封天王稱女皇，出將入相，天王天后本無種。就在此亂軍錯轂之際劉若英的文藝氣質情歌竟然仍能別子為宗，以文藝少女系歌姬站上舞台升降階。

那時還年輕的我，那些永恆的夜晚，聽著奶茶以甜穩的中音唱著「地球上兩個人／能相遇不容易／作不成你的情人我仍感激」的成名曲，浮光截影，竟幻想一段謝謝彼此成全那不卑不亢，君子有成人之美不成人之惡的淋漓美德。只是好夢如琉璃心易碎，行年長大我這才更進一步體貼了：那種博愛之謂仁，親親尊尊的崇高到不能逼視瞻之彌堅的愛情模樣，根本就是中國文化基本教材式的戀愛。現實的愛情更多霸道，殘忍，來啊互相傷害之外，只殘牘摧折，毀滅，以及更物議的財產分配。

但我畢竟當過了鐵粉，說什麼得始終得貫徹。貌似劉若英的女孩臨別之際，我竟還煞有介事點了奶茶的〈我等你〉以表述心志。「我等你／半年為期／逾期就狠狠把你忘記／不只傷心的也包括一切甜蜜」，只是預言終究是預言，像刻寫在羊皮紙卷裡以荒謬的承諾或絕望的幻覺以彌封。你倆終究成了不同時間軸的前度戀人，日常月輪，風雪消磨，就像動物裡的那軸荒腔走板的、某某動物幾歲等同於人類幾歲的代換表。

時差終究是無以換算的，就像青春終究是無以換算的。

那時你才恍然驚覺，何以我們將悲摧情歌的歌手其身世、經歷與戀情，當成了故事的敘事者呢？悲戀的情歌，心碎的情歌，就像美麗娟秀的字跡隨手謄寫在失落了黏性的鮮黃色便條紙上。那時候年輕的不甘寂寞，錯把磨練當成折磨，但這就是不顧一切濫費的青春本質不是嗎？雪白的梔子花瓣，天空藍的織布百褶裙，唯有到很後來很後來才能幡然醒悟，一開始幸福就不是什麼情歌，就算已超過八千分之一秒的光圈單眼也難以捕捉任何山海誓盟的細節。

我知道那些像歌詞像音樂錄影帶般閃熠熠的情節永遠回不去了，感傷很好，寂寞很長，一如回憶那類的擬像物在牆角的幻影，終得被街燈給拉得長長的，終於失真。到底你會如何回憶我呢？難道真的像歌詞預言那般微笑或寂寞，那倔强和遺憾恐怕是成長本身吧。就像那年代同樣未明究理的口香糖廣告，「幻滅是成長的開始」，但幻滅的風景太多了像水蒸氣，霧霧恍恍，實在稱不上風和日麗。最後我們沒能如寓言般，成了那對在無垠海灘的邊際踽踽行走的少年情侶。旅遊明信片的場景終究只是海市蜃樓。

永遠不會再重來了啊，一個男孩和另一個女孩。用盡全力耗盡青春那樣奮不顧身地戀愛，勇敢，差一點就可以縮起腳，收起起落架，然後就此離地飛翔。

瘋狂世界

輪播的新聞裡，主播忽然聲線激昂起來，播報著關於亞洲第一天團五月天，準備重返大安森林公園開唱，歡度成軍二十週年的紀念日。只是我其生不算太早，天團出道的那些年真的還小，不若如今的智慧型手機，螢屏介面，訊息叮咚未歇，臉書動態以秒來計算反應機制。

就算這幾年有了《那些年》或《我的少女時代》等懷舊電影珠玉在前，比我更年輕的遲到者得以從這些視頻閃跳與折射裡，一窺那個春和景明、政通人和的九零年代，但我依舊難免自顧地懷想起那些時間，日常月蔭運行不悖，像替攝影機裝上滑軌跑道，咻的一聲，蒙太奇手法就推過那些個時代片段。

與如今這個以社群、以通訊軟體，以零點零幾秒的資訊串流反饋或已讀與否的時代，完全不一樣。那時候我們還會在教室走廊、或校門口排隊，等著公用電話。用很潮很風靡的Call機，央請女校女孩傳呼來各種怪異卻以為濛曖能指的號碼。第四台剛剛才普及，網速尚以撥接以窄頻運作。甚至還可以電話撥號去電視點歌或划脫衣野球拳……那些科技後來成為我再也想不透的媒介，成了我的界定青春等高線的描圖紙地形。

五月天，我終究沒跟上他們中山足球場的成軍那次演唱，但倒是躬逢跨年晚會，壓軸登場的就是阿妹和五月天。那時候阿妹已成天后，但五月天尚無天團暴名，我就跟著同學，囫圇聽過幾首爾後跨世代誰都能哼能唱的嗨歌——春嬌與志明、尬車、愛情的模樣，還有瘋狂世界。再來就是大一那年的系卡，誰能料風雲洶湧，好幾個花樣男孩同樣選了五月天〈擁抱〉作為參賽曲。你猶記那個活動慶功辦完了的深夜，沒有南瓜馬車，沒有晚風吻盡的荷花葉，但我們依舊為之醉茫傾倒。

五月天颳起的動能在那個年代似乎理所當然。前一代男孩團體小虎隊、草蜢和LA Boys已近乎半隱退了，而其後以國族以覺醒為號召的動感樂團，猶處於醞釀階段。那幾年每當誰揪去夜衝夜唱慶功宴，進了ＫＴＶ包廂，只要點出了「作陣來尬車」歌詞，那就天然嗨了，大傢夥引吭破嗓，脫了鞋直接踩上沙發又吼又叫，當真的是不管伊警察底抓，不管伊父母底罵。貌似只要以青春作為燃油的引擎給它摧落下去，幾千萬匹馬力渦輪增壓和空氣套件，那就是如鎏金般的花樣年華，能量猶如萬有引力，絲毫不半衰不枯竭。

只可惜那些年我好像終究沒有察覺，原來這幾首天團的歌，根本就是一種預視。對成長的踟躕，對未來的善感，還有對即將到臨而我等渾然無覺的鬼島的隱喻。就在這座瘋狂又悵惘的世界，我們對即將消逝的一切堅固的東西，最感傷的彩排和憑弔。「青春是換不回的水／轉眼消逝在指尖」，但何止青春而已，一切都像隨著豔陽而蒸散的湖水般，絲毫無以挽回。

終於來到的將來竟然瘋狂而野蠻的超乎我們想像。於是我們不得不成了崩壞，成了厭棄的一代，被貼滿各式樣難以歸類的黃色便利貼。上頭的墨漬斑駁，字跡潦草，仔細瞇著眼睛看，才發覺什麼都沒有被謄寫下來。

遲到最後我才幡然驚覺，其實有沒有五月天，有沒有第一天團或許沒有那麼重要，畢竟我們親身履踐了眼前這個瘋狂世界，狂風將陽台的觀葉植物吹的枝枒亂顫。我們比誰都用力過了，用力地浪費，再用力地後悔。最後後悔成了日常、成了往例。最後我們會不會連飛行的本能都給遺忘殆盡呢？

寂寞的鴨子

我還記得那個又羞恥又燦爛的畫面，我們男校和鄰近女校的手語社隊員，一起在類似國軍文藝中心那樣的舞台，舉辦社團成果發表。這個由每一斷代的花樣少年簡稱為「成發」的活動裡，一群男女配合著流行歌的旋律，打出奇幻卻實際上無以用來溝通的手語，一切如早餐店煎油鍋上方的空氣，因熱對流而氤氳扭曲了，又宛如觀景窗的畫面，一切就此靜止。

但我一直到現在還記得那首歌，蘇慧倫的〈傻瓜〉，錄影帶裡的蘇慧倫剪著當時風靡巷衢的傻瓜頭，分明引領風騷但當時怎麼都違和拗折的妹妹頭齊瀏海。你人在倫敦我整晚聽披頭四，你說你感冒我呼吸都困難。時隔經年，我也親身履踐了幾段欲說還休的情愛轇葛，用不上「繾綣」卻確實如髮絲菌落分岔又糾結的故事，似乎稍微能體會「想和你一樣／要和你一樣」那種極黏極纏極煩躁卻癡迷不已的愛情。

說是真愛那未免太恐怖情人，更精準的撿詞錬句，大概就是所謂的孽緣吧。

說起玉女掌門人蘇慧倫，鐵粉大概從《追的過一切》、《滿足》就開始關注追蹤，但我們這代的滾石跟風迷，卻是遲到《檸檬樹》、《鴨子》這幾張專輯才真正當成了粉絲。我一直想像若有朝一日自己也能執導筒拍出一部青春電影，或將親手操刀將小說影視化，那麼最後一幕樂團從舞台奈落上冉冉升起，煙花散射，陽春好景，舞台正中央只能是帶著觀眾重新回到九零年代的蘇慧倫。

只是我如今真的難以回想，當時何以社團選了蘇慧倫的歌來表演。或許她不過是那些年華語唱片市場榮景的微型縮圖，

後來自己真成了蘇慧倫粉，約莫是〈我一個人住〉的MV，雖然與歌詞本身實在稱不上什麼互文性，但蘇慧倫在首段、中段和收束分別唸了吉本芭娜娜的《鶇》與村上春樹的《聽風的歌》，她的聲線遼朗又磁性，那可能是我稀薄卻嚮往文藝青年的時代，最貼近文學的描述——只是究竟何如自己跑去了手語社而非校刊社？

時至如今我仍時常想起歌詞裡那個永遠沒法被親愛的人記住的影子，像村上春樹那

句知名到足以鑲嵌在書封上的格言，藍色的風，夏天的夢，女孩子肌膚的觸覺，還有沒有對準的、一點一線慢慢錯開的描圖紙。

那可能是關於我青春截面的最後一個鮮明意象。描圖紙，如蟬翼般半透明，隔膜霧面，我第一次去文具店買描圖紙為了地理課的等高線或疆域習作，那張秋海棠或其實根本不是的地圖，墊在釉綠色的墊板上，接著就是以描圖紙一點一劃巧翼翼地複寫。那時我們還沒有自己的衛星，還沒有遙測或幾千萬畫素的光學鏡頭，所以這一切的作業都還得仰仗詩化的臨摹與測量。

我在想不知道過了多久以後，或許也並未如想像那麼久，描圖紙這樣的工具就會徹底消失了。但我們終究還是會看村上春樹，會聽蘇慧倫，有時會以為只要憑恃真愛無敵，就足以追過一切，或會為了愛傻得奮不顧身，為了愛當真以為傻瓜力量大。

這可能就是流行歌被譏訕為社會水泥牆的原因。它是那麼千篇一律不斷疊架複製。但我們終究還是需要情歌。因為無論是誰還是難免陷入情歌的窘境，像隻什麼都依對方卻看清我自己的鴨子，或以忙碌作為逃避想念藉口的軟弱，為了對方淋雨，為對方孩子氣，甚至意義不明地變成遙控器……

總之就是為了上述各種無稽荒謬的緣由，我們都需要蘇慧倫，和那羞赧到最好不要回望，卻不容塗銷的九〇年代。旋律終於靜止，我們在舞台上擺出了恥力全開的結束姿勢。別說我傻，我就是真傻。但也惟有傻瓜可以穿透這些寂寞、糾纏與愛情，到以後，到未來。

當代名家・祁立峰作品集3

來亂

2018年2月初版　　定價：新臺幣280元

著　　者　祁　立　峰
編輯主任　陳　逸　華
叢書編輯　黃　榮　慶
校　　對　黃　榮　慶
　　　　　祁　立　峰
封面設計　朱　　　疋
內頁構成　苗　銀　川

出　版　者　聯經出版事業股份有限公司
地　　　址　新北市汐止區大同路一段369號1樓
編輯部地址　新北市汐止區大同路一段369號1樓
叢書編輯電話　(02)86925588轉5307
台北聯經書房　台北市新生南路三段94號
電　　　話　(02)23620308
台中分公司　台中市北區崇德路一段198號
暨門市電話　(04)22312023
台中電子信箱　e-mail：linking2@ms42.hinet.net
郵政劃撥帳戶第0100559-3號
郵撥電話　(02)23620308
印　刷　者　世和印製企業有限公司
總　經　銷　聯合發行股份有限公司
發　行　所　新北市新店區寶橋路235巷6弄6號2樓
電　　　話　(02)29178022

總編輯　胡　金　倫
總經理　陳　芝　宇
社　長　羅　國　俊
發行人　林　載　爵

行政院新聞局出版事業登記證局版臺業字第0130號

本書如有缺頁，破損，倒裝請寄回台北聯經書房更換。　ISBN 978-957-08-5080-2 (平裝)
電子信箱：linking@udngroup.com

國家圖書館出版品預行編目資料

來亂/祁立峰著．初版．臺北市．聯經．2018年2月
（民107年）．248面．14.8×21公分（當代名家·
祁立峰作品集3）

ISBN　978-957-08-5080-2（平裝）

855　　107000591